L'Auberge rouge

Michel Peyramaure

L'Auberge rouge

L'énigme de Peyrebeille
1833

ÉDITIONS FRANCE LOISIRS

Éditions du Club France Loisirs,
avec l'autorisation des Éditions Pygmalion

Éditions France Loisirs,
123, boulevard de Grenelle, Paris
www.franceloisirs.com

ISBN : 978-2-298-00584-4

A Michel Bataille

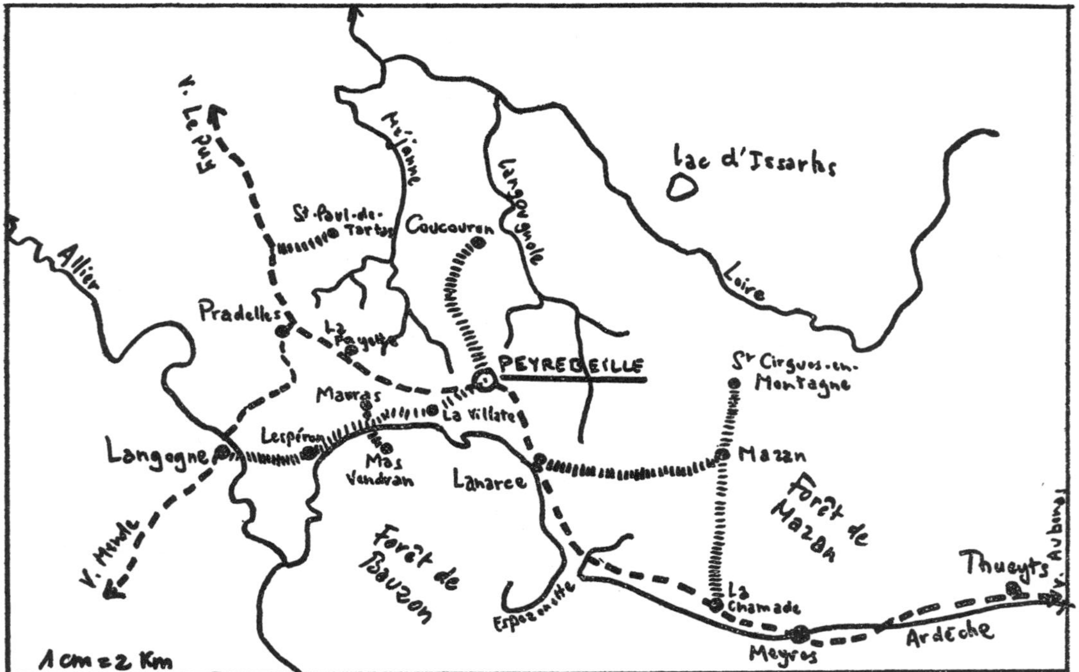
lac d'Issarlès
Loire
Langougnole
Méjanne
v. Le Puy
St-Paul-de-Tartas
Coucouron
Allier
Pradelles
La Fayette
PEYREBEILLE
St Cirgues-en-Montagne
Mauras
La Villatte
Lespéron
Langogne
Mas Vendran
Lanarce
Mazan
Forêt de Mazan
Forêt de Bauzon
v. Mende
Espezonnette
La Chamade
Thueyts
v. Aubenas
Meyras
Ardèche
1 cm = 2 Km

PREFACE

AU PAYS DU VENT LIBRE

Aborder le Bas-Vivarais après avoir laissé au sud les plaines et les collines du Languedoc, c'est faire succéder le Dies irae *à l'*Agnus dei. *Après avoir traversé Alès, on entre insensiblement dans une sorte de champ de bataille géologique : des pays noirs, torturés, se déroulent à perte de vue. Ici commencent les montagnes du Vivarais. De part et d'autre de la route de plus en plus sinueuse, des villages couleur de tourbe semblables à ceux de la Castille ou des Abruzzes s'incrustent entre les forêts et les croupes pelées.*

Ces montagnes d'entre Aubenas et Le Puy ne sont pas sans majesté mais on les devine constamment hostiles. A vrai dire, cette contrée sue la peur. A l'ère du bitume, des auberges accueillantes, du grand tourisme, elle n'a rien perdu de son caractère. Elle vous oppresse et vous dérange comme elle devait oppresser et déranger les voyageurs du temps des diligences ; vous vous accrochez au fil d'Ariane de la route goudronnée comme si le moindre écart pouvait déclencher un redoutable processus de mystère, d'aventure, de danger, comme si vous pouviez, à quelques kilomètres de la station-service, vous trouver subitement projeté dans un monde hors du monde, dans la peur des grands chemins de jadis.

Passé Aubenas et son allure de citadelle calabraise, la vallée de l'Ardèche commence à déployer ses charmes sauvages. La route nationale du Puy à Montélimar suit le tracé de l'un des grands axes routiers de jadis. Et nous nous plaisons à imaginer les caravanes de muletiers passant dans un chatoiement d'habits de couleurs et des sonnailles de grelots, rouliers et voituriers faisant claquer leurs fouets au-dessus des puissants attelages qui escaladaient les pentes rocailleuses ou grossièrement dallées de basalte, ou encore les voyageurs solitaires, leurs pistolets dans les fontes, leur fortune dans la ceinture, les maquignons et les paysans poussant devant eux leur troupeau destiné à l'une des grandes foires du pays.

Après Lanarce, c'est le plateau qui commence.

Le royaume des vents libres. Un plat pays de steppe, avec son herbe rêche et jaunâtre, ses végétations courtes, ses forêts nettement découpées sur l'horizon, noires, rectilignes comme des fortifications, de ces forêts que l'on dit impénétrables et qui le sont sauf à emprunter ces sentiers encaissés que, dans la langue du pays, on appelle joliment des « paradous » : forêts de Mercoire, de Bauzon, de Mazan, des Chambons, de Faultre, de Saint-Paul-de-Tatras. Où la forêt s'interrompt commence la tourbière ; où cesse la tourbière débute le basalte émergeant à longues coulées grises et régulières ; où il n'y a ni la forêt, ni la tourbière, ni le basalte, la lande s'étale largement, crevassée par les vents, les pluies, la sécheresse. C'est la steppe aux étendues rugueuses d'herbe jaune, de bruyère, de genêt où, il y a des milliers d'années, devaient paître les troupeaux de rennes sauvages.

De Lanarce à Pradelles, le plateau fait figure de Sibérie ardéchoise. La neige y tombe dès octobre quand commencent à souffler les vents d'Auvergne ; elle dure jusqu'en mars, recouvrant entièrement le paysage, accumulant des congères tristement célèbres dans tout le Massif Central où, dans les siècles passés, les voyageurs égarés venaient s'enfouir jusqu'aux premières chaleurs du printemps.

Au centre du plateau, à la croisée des chemins, pareil au pivot sur lequel tourne l'aiguille d'une boussole, un hameau tasse ses masures. Trois ou quatre tout au plus étaient habitées à l'époque ; les autres, leurs habitants les avaient abandonnées, découragés par l'âpreté du climat, la solitude et cette immensité qui broie l'homme plus facilement que les murs d'une prison, car elle lui fait oublier jusqu'à ses limites.

Peyrebeille.

MARIE : *C'est vraiment un phénomène*
Auquel on ne comprend rien
Que cette femme inhumaine
Ait quelquefois fait du bien
Qu'elle ait soigné sa cousine
Elevé ses deux enfants
Et souvent fait bonne mine
A ses malheureux clients.

JEANNE-MARIE et MARGUERITE : *Bien qu'elles fussent gentilles*
Elles n'avaient pas d'amants
Connaît-on beaucoup d'auberges
Où du soir jusqu'au matin
Des filles demeurent vierges
Comme celles des Martin.

MARTIN : *On avait dans la montagne*
De Thueyts à Coucouron
Pour Martin et sa compagne
De la considération
Les gendarmes en amis
Venaient causer avec lui.

(Complainte populaire.)

Chrétiens des crimes épouvantables
Oyez le récit affreux
Et vous tous, âmes charitables,
Pleurez sur tant de malheureux
Pères, mères de ces victimes
Venez entendre leur destin
Egorgés d'un complot unanime
Par le domestique et Martin.

(Complainte populaire.)

PREMIERE PARTIE

1.

LES CELLULES DU PETIT MATIN

Privas, juin 1833.

Ils n'ont pas attendu le jour pour arriver. Certains ont passé la nuit à la belle étoile, écoutant la ville somnoler d'un sommeil fiévreux. Au petit jour, d'autres sont venus, des paysans des hameaux et des villages d'alentour, vêtus de leurs habits du dimanche pour la messe tragique qui se prépare ; on les a entendus de très loin, dans les brouillards de l'aube, sur les pentes qui conduisent à la ville. Maintenant il fait grand jour et tous sont là, attentifs au moindre bruit, au moindre mouvement, mâchant leur pain noir, fumant leur pipe, parlant fort entre eux.

Soudain, aux abords du palais de justice, tout se fige. Une escouade de gendarmes à cheval remonte l'avenue principale avec la lenteur d'une procession funèbre. A demi estompés par la pénombre qui règne encore sous les voûtes de platanes, les dolmans noirs et les baudriers jaunes émergent dans la lumière diffuse du matin, laissant derrière eux un silence de mort.

— Ils vont les chercher, dit un aubergiste campé sur le pas de sa porte où il affiche complet. Cela ne va plus tarder.

Passé l'Auberge du Louvre et ses sombres piliers de basalte, l'escouade s'enfonce dans une ruelle sombre et glacée. Celle qui mène à la prison.

***

Le soleil vient à peine de se lever lorsque le gardien de la prison ouvre la cellule de Marie Martin, épouse de l'aubergiste de Peyrebeille, dans le quartier des femmes. Une lanterne à la main, immobile comme une effigie de cire, une religieuse de Marie-Joseph se tient en retrait dans le couloir.

— La prisonnière est réveillée, dit-elle. Faites attention. Vous savez combien elle est dangereuse.

Le gardien hausse les épaules. La lourde porte cloutée de fer s'ouvre en gémissant. La lumière parcimonieuse de la lanterne balaie l'étroite cellule. La prisonnière est là, assise sur le bat-flanc, entre l'escabeau, l'armoire, le seau. Un petit tas de misère et de haine.

— Comment peut-elle se maintenir en vie? demande la religieuse. Elle refuse la nourriture, le sommeil et même le secours du Seigneur. C'est la méchanceté qui la soutient. A quoi peut-elle bien songer? A ses victimes peut-être. Mais aujourd'hui, elle devra payer.

Marie Martin ne dort pas; elle n'est pas non plus complètement éveillée. Absente, simplement, à tout ce qui peut se passer autour d'elle. Assise sur son grabat, les genoux sous le menton, son tricot à portée de la main, emmitouflée dans une couverture mal ravaudée, elle n'a pour ainsi dire pas bougé depuis la veille. Elle n'a pas non plus touché à sa soupe. « Une louve dont on a tué les petits », songe la religieuse. Elle ne sort de sa prostration que lorsque des bruits de sabots retentissent dans le couloir. Alors elle dresse l'oreille : son homme ? André Martin ? Jean Rochette ?

La tête un instant redressée retombe sur les genoux, et Marie Martin replonge dans ses espoirs et dans ses souvenirs. Tantôt précises, tantôt floues, des images traversent sa mémoire. Des images comme celle de cette journée de grand vent, à l'automne, où, avec Pierre Martin, elle débarqua sur la lande de Peyrebeille.

Il y a de cela vingt-cinq ans mais c'est comme si c'était hier.

Pierre Martin et sa femme venaient d'arrêter l'attelage à une cinquantaine de pas du hameau : cinq ou six bâtisses misérables dispersées sur la lande hachée par le vent. Il semblait à Marie qu'elle était là pour la première fois, bien qu'elle eût passé à Peyrebeille toute son enfance avant d'épouser ce grand diable de Martin, ce paysan aux origines mystérieuses, au visage brutal, charpenté comme un bûcheron. C'est lui qui l'avait persuadée de venir vivre ici. A Chabourzial, où ils s'étaient installés après leur mariage, ils risquaient de croupir dans la misère toute leur vie. A Peyrebeille, entre Pradelles et Lanarce, sur le grand chemin qui va du Puy à la vallée du Rhône, il y avait place pour une auberge. Cette région, en hiver, est un véritable désert de neige ; leur auberge deviendrait le refuge des voyageurs égarés.

Marie prit ses deux filles par la main et se dirigea vers la demeure grise qui se tassait derrière le coudert. Les vieux étaient aux champs. Lentement, elle fit le tour de la maison dans le vent glacé, sous le ciel couleur d'ardoise. Une maison lugubre mais où fleurissait le souvenir. Cela faisait plusieurs années qu'elle n'était pas revenue à Peyrebeille et elle se demandait, en se baissant pour ramasser une pomme, comment elle avait pu y vivre aussi longtemps et si elle pourrait s'y réadapter. Autour d'elle, des maisons désertes. Les habitants fuyaient un à un, les fermes restaient à l'abandon, livrées aux rats et aux sauvagines.

Quand il eut fini de décharger la charrette à bœufs du mobilier misérable qu'elle contenait, Martin s'approcha de sa femme, ramassa une poignée de cailloux et lui dit :

— Si tu le veux bien, Marie, nous gagnerons ici de l'or aussi facilement ou presque que l'on ramasse ces cailloux.

Il ajouta avec un mauvais sourire :

— J'ai ma petite idée là-dessus.

***

A quelques pas de là, dans le quartier des hommes, même cérémonie : la lueur d'une lanterne sur les murs gluants, le pas lourd du porte-clefs, le cliquetis du trousseau, le claquement du loquet ouvrant le judas, le coup d'œil dans la cellule balayée par la lanterne. Puis la porte qui s'ouvre en gémissant.

— Pierre Martin, dit le gardien, debout. Il commence à faire jour.

Martin se lève lentement, visage blême, osseux, mal taillé. Il demande des nouvelles de sa femme.

— Ne te tracasse pas pour elle. Elle ne dort pour ainsi dire pas, elle ne mange comme qui dirait rien, mais elle tient le coup, la garce. Toujours prête à mordre...

Pierre Martin hoche la tête, place son chapelet dans sa poche pour faire sa toilette. Le gardien le regarde opérer et songe : « Dire que ce vieux bigot égorgeait ses clients comme de vulgaires gorets... » Pouvait-il en être autrement ? Le prisonnier traînait une lourde hérédité : chaque génération de sa famille comportait son lot de brigands et d'assassins, une longue litanie du crime qui se perdait dans la nuit des origines. Lui-même avait connu la prison, en sa jeunesse ; il s'était évadé de Saint-Péray pour devenir Dieu sait qui et faire Dieu sait quoi. On racontait que, s'étant fait montreur de Nègres et de bêtes sauvages, il allait s'approvisionner sur les quais de Marseille, aux bateaux des Iles, et qu'un beau jour, las de cette existence de bateleur, il avait eu des accointances avec un bandit tristement célèbre dans la contrée, un cabaretier du nom de Brun l'Enfer, dont la tête était tombée sur l'échafaud, non loin de Peyrebeille, sur la place du bourg de Meyras où il avait son négoce.

La tourmente révolutionnaire passée, devenu fermier à Chabourzial, Martin avait épousé une honnête fille, Marie Breysse. Deux filles leur étant nées, il avait décidé d'aller porter ses pénates là-haut, sur le plateau de Peyrebeille. Son rêve s'était en partie réalisé peu après leur installation : la ferme du Coula était devenue une halte pour les voyageurs : ils dînaient d'une soupe au lard, d'un morceau de fromage et couchaient au foin. Cela rapportait quelque argent, mais Martin était trop ambitieux pour s'arrêter en si bon chemin.

Martin, aubergiste... Cela tournait à l'obsession. Parfois il partait, les mains dans les poches, ébouriffé par le vent noir du plateau, de son allure lente et lourde. Seul comme toujours. Il s'arrêtait au milieu d'un espace vierge, pavé de basalte, en bordure du grand chemin. Avec des mines de prospecteur de minerai, il arpentait le terrain, comptait ses pas, traçait sur le sol des signes mystérieux. C'est là que serait l'auberge de Peyrebeille. Une grande auberge, une table renommée, des chambres pour les riches, un relais, de bons chevaux. Les années passaient et le coffre des Martin sonnait creux. Un soir, alors qu'il considérait négligemment le coffre d'un voyageur, de drôles d'idées lui passèrent par la tête.

***

Dans le cachot voisin, Jean Rochette dort encore. Un sommeil d'enfant ou de brute. Au bruit de la clef dans la serrure, le domestique des Martin s'éveille, lève vers le falot un visage glabre de gladiateur, porte à ses yeux ses mains énormes.

— Fais ta toilette, dit le gardien. On va te porter ta soupe. Et tâche de te faire beau. Il y aura des dames pour te regarder aujourd'hui.

« Une vraie tête d'assassin, songe le gardien. Quoi d'étonnant à ce que des clients de l'auberge aient frémi de peur en le voyant entrer dans la salle commune avec sa hache sur l'épaule, son teint de Nègre et son mauvais sourire ? » Rochette l'étrangleur... Rochette l'assassin... Rochette pour qui la vie humaine n'avait d'autre prix que celui des écus qu'il arrachait à la bourse de ses victimes.

***

André Martin, lui, ne dort pas. Les mains dans les poches, sa couverture sur les épaules, il tourne en rond dans sa cellule. Sa toilette est déjà faite. Il attend la soupe.

— A ta place, lui dit le gardien, je serais moins pressé d'aller devant les juges.

« Celui-là aussi, songe le gardien, et plus peut-être que les autres, porte le crime sur son visage. » Taciturne, sournois, n'ouvrant la bouche que pour se plaindre, insolent avec ses gardiens et son avocat, sûr de lui et menaçant de faire intervenir ses relations, ce petit truand au regard torve doit en savoir plus qu'il n'a consenti à en dire sur les crimes de Peyrebeille.

— Si j'étais le président du tribunal ou simplement l'un des jurés, murmure le gardien...

Il n'achève pas sa phrase. On l'appelle dans le corridor. Il s'ébranle pesamment avec ses socques de bois vers le quartier des femmes qu'il a quitté il y a quelques minutes et d'où vient le bruit d'une discussion animée. Encore Marie Martin qui fait des siennes...

— Une nouvelle crise, dit la religieuse. Pourvu que tout à l'heure, devant le tribunal...

— Laissez-moi ! hurle la prisonnière. Laissez-moi tous !

Dans la lumière du falot, elle tâtonne, cherche un appui. Une énorme lassitude lui broie les reins comme lorsqu'elle avait retourné un champ, là-haut, à Peyrebeille, dans les premiers temps, sous les bourrasques glacées de l'automne. Surprise, elle contemple ses mains, comme chaque matin, depuis dix-huit mois que dure sa captivité. Ses mains qui ne savent plus que tricoter, tricoter inlassablement dans le jour avare du cachot. Ses mains inutiles, dépossédées des tâches quotidiennes, des contacts qu'elle aimait : les objets familiers, les meubles, la chair de ses filles, l'or des écus... Elles lui obéissaient jadis aveuglément ; ici, elles deviennent rétives, méchantes, comme si elles ne lui appartenaient plus ou, du moins, comme si elles n'appartenaient plus qu'à cette part d'elle-même tournée vers le mal.

Marie Martin marche en tous sens dans son cachot en gémissant. Entravée dans le bas de sa jupe, mal attachée à la ceinture, elle tombe sur les genoux et, les deux bras arc-boutés contre le mur, elle se remet à hurler son innocence.

— Allons ! relevez-vous ! lui ordonne la religieuse. Dieu fera éclater sa vérité devant le tribunal où vous allez comparaître si vous cessez de blasphémer son saint nom !

Marie Martin se laisse faire, docile maintenant comme un enfant. On fait sa toilette. On peigne ses cheveux gris et sales, que l'on noue en chignon. Puis on insiste pour lui faire avaler une gorgée de soupe froide. Elle la recrache au visage de la religieuse avec d'horribles blasphèmes. La religieuse s'essuie le visage.

— Vous avez tort, dit-elle d'une voix frémissante. L'audience va débuter dans quelques heures et vous aurez besoin de toutes vos forces.

La porte claque. Le judas à son tour s'ouvre puis se ferme. Marie Martin se retrouve seule de nouveau et, de nouveau, elle regarde ses mains qui sentent le savon.

« Comment en sommes-nous arrivés là ? » se demande la prisonnière. Et c'est une nouvelle fois l'escalade des souvenirs. Tout en haut, elle retrouve – Dieu sait pourquoi ! – un visage dévoré par les loups, gratté jusqu'à l'os, un cadavre allongé sur l'herbe jaune de la lande avec quelques flaques de neige fondante autour de lui comme un drap déchiré. C'était... Oui, c'était un matin de mars, si loin dans le temps que la date exacte lui échappe. Ils n'étaient alors que les simples tenanciers du Coula. Des voyageurs étaient venus les prévenir : ils avaient découvert le corps d'un homme tout habillé, endormi sans doute depuis le début de l'hiver dans le lit profond d'une congère. Non sans peine, les gendarmes de Lanarce avaient pu identifier le corps : c'était celui d'un jeune réfractaire des armées impériales : Claude Béraud. Il était passé un soir par Peyrebeille et on ne l'avait jamais revu. Un jeune homme au visage rieur, insouciant, qui trouvait tout naturel d'échapper aux exigences de l' « Ogre » et de continuer à vivre là où il était né.

C'est de ce jour, c'est de la découverte de ce cadavre que devaient commencer à la fois la fortune des Martin et leur perte. Peu après, de toute la province, commencèrent de courir sur l'auberge de Peyrebeille de sombres histoires de brigands.

***

La chaleur de la matinée de juin est déjà sensible dans la salle d'audience où la foule s'entasse comme au spectacle. Une cloche sonne à l'église voisine. Le monde extérieur vient mourir au pied du prétoire : murmure de colère de tous ceux qui n'ont pu trouver place, vociférations des cochers et des postillons qui peinent pour se frayer un chemin dans la presse, voix stridentes des chanteurs ambulants qui dévident la saga sanglante des aubergistes de Peyrebeille devant une toile grande comme un drap de lit où figurent, peints de couleurs violentes, les principaux crimes qui leur sont imputés, vivats qui accueillent l'arrivée sur la petite place aux marronniers, en face du palais de justice, de l'un des principaux personnages du drame : le mendiant Laurent Chaze, dénonciateur des Martin, le héros du jour. Par les hautes baies s'épanouit un ciel profond, traversé par le vol des martinets. Le prétoire, encore vide, est incurvé comme une abside, constellé d'abeilles impériales butinant un fond vert forestier autour d'un grand christ poli comme de l'ivoire.

Sur un signe mystérieux, le tumulte se déclenche soudain dans la salle :

— Martin ! Assassins !

— Coupez-leur le cou !

— Vous paierez, brigands !

Quelques cris encore, ici et là, comme des détonations de pétards mouillés, et le calme retombe, insensiblement, devant l'intervention des gendarmes, mais l'atmosphère reste lourde, chargée d'électricité jusqu'à l'arrivée de la cour. Les prisonniers sont comme figés : Pierre et Marie Martin, le buste droit, l'air méprisant, Rochette somnolent dans ses bras repliés sur la bordure de bois, André Martin, le neveu de Pierre, indifférent, le regard vide.

Tandis que, dans la salle des assises du palais de justice de Privas, le rideau se lève sur le théâtre du crime, que les magistrats s'installent devant leurs dossiers, que la foule bourdonne sourdement, Marie Breysse, épouse Martin, sourit. Un sourire qui semble ironique mais qui est toujours le même. Une petite lumière s'accroche à son regard qui, à travers les hautes ouvertures, le ciel profond de juin, l'espace libre des montagnes de l'Ardèche, retrouve le haut plateau de Peyrebeille et, au milieu de cette solitude inhumaine, de cette immensité, redécouvre une tache grise, à peine distincte de la steppe environnante, des murs bas et nus, une pauvre enseigne qui grince au vent des Cévennes.

Après d'interminables préliminaires, la voix du président retentit :

— Faites entrer le premier témoin!

La foule s'arrache à sa torpeur, retient son souffle. Le premier acte du drame va commencer.

Une histoire de Juif errant où se conjuguent le mystère et l'horreur.

2.

UN CHEVAL FOU SUR LA STEPPE

Son auberge, Pierre Martin la possédait enfin. Pas une simple halte comme au Coula : une véritable auberge aux formes frustes mais puissantes, bien adaptée à ce méchant pays avec ses murs épais, sa toiture aplatie pour refuser prise aux vents, ses ouvertures étroites munies de barreaux en certains endroits, sa vaste porte cochère par où les voitures pouvaient pénétrer dans la grange pour dételer à l'abri par tous les temps. « Son » auberge. Construite à « son » idée.

Certains voyageurs délicats s'effrayaient de cet intérieur sombre et glacé, de l'exiguïté des chambres aux cloisons de planches mal équarries, aux lits étroits, grouillants de vermine comme la paillasse des galériens. On y accédait par un sinistre escalier à double volée ouvrant au premier étage sur de sordides perspectives : placards mystérieux, solives brutes, corridor sombre donnant au fond directement sur la fenière. A ceux qu'inquiétait ce décor, Martin, bonasse, rétorquait :

« Mieux vaut dormir mal chez moi que de finir dans une congère ou sous le couteau d'un de ces brigands qui courent le pays. » Lorsqu'il était de mauvaise humeur, ce qui lui arrivait souvent, il jetait dehors le voyageur qui protestait, et lui montrait la route : « Vous trouverez de meilleures auberges à Aubenas ou au Puy... si vous y arrivez ! »

Guère accueillants, les aubergistes de Peyrebeille ! La petite paysanne avait appris à compter les écus, à estimer d'un coup d'œil le contenu des bourses et des coffres. Ses sourires et ses bonnes grâces étaient à la mesure de ces estimations.

Désagréablement surpris par l'accueil des aubergistes, les clients qui s'arrêtaient pour une nuit à Peyrebeille l'étaient davantage encore par l'ambiance de la demeure. Ils n'échappaient aux mines bourrues des hôtes que pour s'enfermer dans un étau de peur qui se resserrait sur eux, dès que la nuit tombait sur l'immensité du plateau. Dans la lumière louche des chandelles, des lanternes, du feu de bois, le moindre visage devenait patibulaire, le moindre objet insolite, le moindre geste hostile, la moindre parole chargée de sous-entendus. Cela fleurait le coupe-gorge. Les murs, les meubles, la nuit paraissaient se peupler de présences invisibles.

C'est vers cette époque où l'auberge des Martin sortait de terre – on ne sait trop en vertu de quel miracle – que Brun l'Enfer, qui devait être souvent mêlé à l'affaire de Peyrebeille et aux drames sanglants dont elle devait devenir le théâtre, fit de nouveau parler de lui. Peut-être deux ou trois ans avant Waterloo.

La découverte de cadavres d'individus exécutés de manière identique – étranglés et jetés à la rivière – avait conduit à l'arrestation du cabaretier de Meyras et de ses lieutenants. Avant de laisser sa tête sur l'échafaud, Brun avait déclaré :

— Je sais que j'étais la terreur de ce pays, que je m'enivrais sans cesse. Mais je n'ai assassiné personne.

Il avait ajouté cette phrase énigmatique :

— On tue l'Enfer, mais on laisse vivre le Diable !

Brun exécuté, le pays respirait, mais d'une respiration oppressée. Ce diable dont il avait parlé, qui était-il ? Qu'allaient devenir ses lieutenants graciés ? N'allait-on pas les retrouver sur les grands chemins, la pétoire en bandoulière ? On savait peu de chose d'eux, sinon que leur signe de reconnaissance était un couteau au manche de bois sculpté d'une certaine manière. Un simple couteau. Un signe de mort.

***

A peu de temps de l'exécution de Brun, on entendit parler à mots couverts d'un certain personnage qui allait ouvrir en lettres d'or et de sang le grand livre de Peyrebeille.

Son nom ? Nul ne l'a jamais su. Son apparence physique ? Personne n'aurait pu la décrire, sauf peut-être ceux qui le virent pour la première et la dernière fois : les aubergistes de Peyrebeille. On ignore de même le motif de sa présence entre

Pradelles et Lanarce. Peut-être vendait-il de la dentelle précieuse comme on devait le chanter plus tard dans les complaintes, mais alors ce simple colporteur aurait-il été aussi « cousu d'or » qu'on voulait bien l'affirmer ?

Le marchand juif coucha au Puy. Il dut y réaliser quelques affaires ou s'y approvisionner avant de prendre la route des pays du Rhône en passant par Peyrebeille. Seul et à cheval. On l'imagine s'avançant dans le brouillard du plateau, petite tache claire et mouvante dans ce cirque de solitude et de silence. On l'aperçut un instant. Puis il disparut. A jamais.

La dernière personne à avoir aperçu, ou cru apercevoir, le Juif errant est un nommé Antoine Bonnefoy, dit Le Corbeau, ou encore Le Carlin : un beau vieillard de soixante-dix ans au moment du procès. Il était originaire de Landos.

Il raconta :

— Je revenais à la nuit tombée, en compagnie de Boët, de la foire de Montpezat. Nous étions tous deux à cheval. Arrivés dans les parages de Peyrebeille, Boët, qui marchait devant, siffle et dit en se retournant : « Eh ! Antoine, tu vois ce que je vois ? » C'était un mouvement dans le brouillard, comme d'un attelage, avec sur une ridelle une lanterne faite d'une bouteille renversée. Je mets pied à terre et je tâte mes arçons. Mon pistolet était à sa place. De plus j'avais dans ma ceinture un bon couteau de montagnard. Bon. Nous attendons que les autres arrivent. Ils s'arrêtent à quelques pas de nous et je reconnais dans la brume Martin et Rochette. Pas fiers de leur rencontre à ce qu'il semblait et qui hésitaient à faire un pas de plus. Bon. Je me dis : « Où peuvent-ils bien aller, ces deux-là, avec leur charrette à bœufs et leur caisse à fumier ? Fumer leurs champs au clair de lune ? » Puis je me dis qu'ils en revenaient peut-être, de leurs champs. Mais je réfléchis : ils n'étaient pas dans la bonne direction. Ils tournaient le dos à Peyrebeille. Bon. On se salue. « Bonsoir ! Bonsoir ! » C'est tout. Je m'apprête à remonter à cheval quand je vois Martin prendre sa « guillade » et faire entrer dans la caisse à fumier un bras humain. Oui, monsieur le président ! Je n'avais pas la berlue. Je me souviens : un bras humain. Je le vois encore comme si je l'avais là, devant mes yeux. Alors j'ai senti comme un vertige, au point que j'ai eu du mal à me remettre d'aplomb sur ma selle et que j'aurais été incapable de me servir de mon pistolet. Bon. Je me dis : mieux vaut faire celui qui n'a rien vu. Avec Martin, on ne sait jamais. Et nous repartons. Boët devant. Nous n'étions pas arrivés à cent mètres de l'auberge où nous comptions passer la nuit, lorsque...

Cette fois-ci, c'est Boët qui parle :

— Comme l'a dit Bonnefoy, j'allais devant. Il y avait encore un peu de jour. Bon Diou ! Monsieur le président, je ne me sentais pas à l'aise. Ces deux charretiers du diable, dans le brouillard, avec leur sinistre caisse à fumier... Tout à coup, j'aperçois quelque chose comme une grosse couleuvre toute noire. Je descends de cheval et m'avance vers le serpent. Prudent, je le tire par la queue et je me retrouve tout bête avec en main une courroie de harnais, une belle courroie mais toute tachée de sang.

Plus morts que vifs, les deux compères poursuivirent leur chemin jusqu'à l'auberge. La mère Martin leur posa une singulière question, avant de les laisser entrer :

— Avez-vous rencontré quelqu'un sur la route ?

Les deux compères échangèrent un regard atterré.

— Personne ! bredouilla Bonnefoy.

— Pas une âme ! ajouta Boët.

— Alors entrez, dit l'aubergiste.

Ils mangèrent une soupe, couchèrent au foin et s'en furent à l'aube, bien décidés à ne souffler mot de leur rencontre. Ils gardèrent le secret plus de quinze ans. Un beau jour, ils se décidèrent à parler et tout remonta à leur mémoire, comme si c'était la veille.

— Moi, dit un autre témoin, Baptiste Palhès, je l'ai vu, le cheval du Juif. Une belle bête, ma foi.

Je venais chez Martin récupérer une modeste créance. Arrivé en vue de Peyrebeille, je vois un cheval qui sort de l'écurie comme pour charger dans une bataille. Martin et Rochette lui couraient après. Le cheval s'est arrêté, a paru respirer un bon coup comme pour prendre le vent, puis il est parti au grand galop sur le large du plateau, crinière au vent. Cet animal-là, je le reconnaîtrais entre mille, monsieur le président.

Palhès entra dans l'auberge et demanda à la mère Martin à qui appartenait ce cheval.

— Elle se plante devant moi, pose une pinte et un gobelet sur la table et me dit : « Quelqu'un sait que tu es venu ici ? » Moi, finaud, je réponds : « Pardi ! des voisins. Mais pourquoi me demandez-vous ça ? » Pas de réponse. La mère Martin soupire et poursuit le nettoyage du sol de la cuisine, inondé d'une eau savonneuse un peu rosée, comme si on venait de tuer le cochon.

Très vite, Palhès devina qu'il était de trop et qu'il avait intérêt à s'éloigner de ces parages sans réclamer son dû.

— Je vais me lever quand je vois arriver Martin, suivi de Rochette, l'air mauvais. Je suis sur le point de leur demander s'ils ont rattrapé leur cheval mais je retiens ma langue assez tôt. Ils tournent autour de moi sans rien dire, un moment, et soudain je sens un frisson dans le dos lorsque j'entends Rochette demander un couteau à son maître qui le lui refuse d'un ton sans réplique. Puis Martin se tourne vers moi, me demande combien il me doit, va fouiller dans un de ces placards où je me demande ce qu'ils pouvaient bien dissimuler, compte lentement les pièces, me les jette sur la table comme à un chien. J'empoche et me retire, persuadé, en poussant ma mule à toute bride sur le chemin, que j'avais échappé à la mort en racontant que des voisins étaient au courant de ma visite. J'avais appris le secret du cheval ; cela aurait pu me coûter la vie.

Ce cheval, d'autres, par la suite, témoignèrent l'avoir vu.

Ainsi Jean Moulin, maquignon de Pradelles. Il avait entendu parler de l'animal et voulait en avoir le cœur net. Il vint à Peyrebeille, l'examina, proposa une somme dérisoire que Martin refusa. Moulin repartit avec une question qui lui tournait dans la tête : pourquoi ce cheval avait-il la queue fraîchement coupée ?

Peu de temps après, Moulin, repassant par Peyrebeille, demanda des nouvelles du cheval. Marie Martin était seule.

— Vous voulez parler de quel cheval ? Nous avons à l'écurie une dizaine de montures de renfort.

Jean Moulin insista :

— Celui dont je vous parle n'était pas un cheval de renfort. Je me souviens qu'il avait la queue coupée.

— Je m'en souviens aussi, dit sombrement Marie, mais nous ne l'avons plus.

Moulin ne put en apprendre davantage.

Quelques semaines plus tard, à un quart de lieue environ au sud de Peyrebeille, dans un ravin proche de Trespis, au bord de l'Espezonnette, un charbonnier découvrait le cadavre d'un cheval. Un beau cheval. Un cheval de riche. C'est du moins ce que Jean Moulin avait entendu raconter. Quant à savoir si le malheureux animal avait la queue coupée...

Ce dont Chapel vint témoigner à la barre, il l'avait vu. De ses yeux vu, vers la même époque.

— Cela se passait en pleine nuit, une heure ou deux avant le lever du soleil. Je marchais tranquillement, avec ma jument, en direction de Peyrebeille, quand je vis un spectacle qui me fit dresser les cheveux sur la tête : un homme, dans un champ, en train de creuser une fosse. J'ai reconnu Martin et je me suis arrêté pour lui parler.

— J'en avais fini, dit Martin. Suis-moi. J'ai un marché à te proposer.

Chapel l'accompagna jusqu'à l'auberge. Ils mangèrent une soupe puis Martin entraîna Chapel jusqu'à l'écurie, lui proposant de lui échanger un cheval contre sa jument. Un cheval qui avait la queue coupée de fraîche date.

— Non, dit Chapel. Je garde ma jument.

Il n'ignorait pas, de même que Bonnefoy, Boët ou Palhès, qu'il se passait de drôles de choses à Peyrebeille. Un certain Miailhe le confirma. Quelque temps avant que l'on commence à raconter des histoires de cheval et de Juif errant, il avait passé une nuit à l'auberge. On l'avait reçu aigrement.

— Il n'y a pas de place pour toi ce soir.

— Donnez-moi au moins à manger. Juste une soupe. Je suis fatigué et je meurs de faim.

— Nous n'avons rien à te donner. La huche est vide.

— Alors un verre de vin pour reprendre la route.

— La barrique est à sec. Fous le camp !

Miailhe avait quitté l'auberge, persuadé que l'on tenait à écarter un témoin gênant. Il s'était éloigné puis, au soir tombé, il s'était glissé dans l'écurie et était allé se coucher dans la fenière.

— Ce qu'ils ont trafiqué toute la nuit, je l'ignore, monsieur le président. Mais ils ont mené un tel tapage que je n'ai pour ainsi dire pas fermé l'œil.

C'est à quelques jours de là que Miailhe avait entendu, dans quelque foire du canton, raconter l'histoire de ce Juif cousu d'or qui avait mystérieusement disparu entre Pradelles et Lanarce. Des parents étaient venus s'enquérir de son sort, inquiets de ne pas avoir de nouvelles. Ils n'avaient rien découvert. Pas une trace, pas un indice. Rien. Le bruit courut que la victime portait sur elle des bijoux, des valeurs, et, dans un coffre, une fortune : entre vingt et trente mille francs.

Le cheval fou, harnaché comme une cavale de Pologne, crinière au vent, les sabots claquant sur les dalles de basalte, grondant au creux des tourbières, hennissant à la mort dans les soirs rouges de la steppe, galope et caracole encore à travers le haut pays de Peyrebeille. Les naseaux barbouillés de bave, les flancs couverts d'écume, il s'arrête, flaire le vent, tournoie sur lui-même, pique droit, dans un galop d'enfer, vers un point mystérieux de l'horizon, dans la nuit pleine de souffles et d'odeurs sauvages, à la recherche du maître disparu.

3.

UN SOIR DE NEIGE

Vers 1824.

C'est dans les temps où le comte d'Artois succédait à Louis XVIII sous le nom de Charles X qu'un humble petit ferblantier commença son tour de France. Muni d'un attirail sommaire qu'il portait en bandoulière, il allait à pied de ville en ville. Originaire du Puy-en-Velay, il avait de la famille à Aubenas et connaissait assez bien l'immense plateau qui s'étend de Pradelles à Lanarce.

A l'époque, Vincent Boyer pouvait avoir vingt ans. Un solide gaillard dur à l'ouvrage, courageux mais sans témérité : un visage barbouillé d'une grosse naïveté avec une petite fleur d'innocence dans la prunelle. Il était plus à l'aise pour réparer une casserole ou danser aux « assemblées » avec les filles que lorsque, la nuit venue, il se trouvait dans un de ces pays perdus des Cévennes ou du Vivarais.

Un soir de septembre, à la nuit tombante, une bourrasque de neige précoce le poussant dans le dos, il frappa à la porte de l'auberge de Peyrebeille. On tarda à lui ouvrir. Il allait frapper de nouveau lorsqu'il entendit le bruit sec du loquet. La porte s'entrouvrit sur un visage maussade et rébarbatif. Vincent se sentit enveloppé et toisé par un regard inquisiteur. Puis la porte s'ouvrit tout à fait.

— Entrez, jeune homme, dit Marie Martin.

Plusieurs personnes occupaient déjà la salle commune. L'odeur de la soupe au lard qui cuisait dans l'âtre se mêlait à celle du feu de bois et de la fumée des pipes.

— Salut la compagnie ! dit Vincent Boyer, qui connaissait les usages.

Il fit un geste large de la main pour embrasser toute l'assemblée. Un murmure indistinct lui répondit. On s'écarta pour lui faire place devant le feu une fois qu'il se fut débarrassé de son attirail et de son manteau. Il y avait là un gendarme qui partit presque immédiatement, un muletier qui allait livrer au Puy des tonnelets de vin des bas-pays de Saint-Péray, un mendiant barbu comme un prophète, deux maquignons qui parlaient haut et avec animation dans le patois du pays de Tanargue, un vieillard avec lequel Pierre Martin s'entretenait (à ce que Vincent Boyer crut comprendre, il s'appelait M. Jean et avait une charge d'intendance dans un domaine des environs). Dans les minutes qui suivirent, le ferblantier en apprit un peu plus sur cet homme, sans d'ailleurs y attacher beaucoup d'attention : il revenait d'encaisser l'argent d'un marché qu'il avait réalisé récemment. Vincent observa qu'il parlait avec une certaine réticence lorsqu'on l'interrogeait, hochant sa tête chenue et tendant vers le foyer de longues mains pâles qui semblaient saisir la chaleur des flammes et la pétrir comme une pâte.

Le muletier était moins loquace encore. Il avait défait sa taïole, cette large ceinture d'étoffe rouge et blanche qui faisait plusieurs fois le tour de ses reins, et fumait en silence ; les flammes faisaient pétiller l'anneau d'or qu'il portait à l'oreille et le gobelet d'argent accroché à son gilet ; parfois, il crachait dans les cendres un long jet de salive.

Derrière le groupe des clients, entre la cheminée et les trois lits cages qui occupaient le fond de la pièce commune, c'était un va-et-vient continuel. Le domestique, Rochette, taillait sans empressement, avec son grand couteau à virolle, le pain pour la soupe. Les éclats de voix de Marie Martin relançaient par intermittence le ballet des deux filles de la maison : Jeanne-Marie et Marguerite, deux adolescentes fraîches et robustes qui jouaient entre elles et taquinaient sans malice le muletier, au lieu de mettre la table.

— Ces filles, je n'en ferai rien ! Je leur ai fait donner une bonne éducation chez les dames de la Présentation, à Thueyts, et tout ce qu'elles savent faire, c'est s'amuser et chanter.

— Jeanne-Marie, dit le mendiant, fais-nous entendre ta belle voix !

Jeanne-Marie se posta derrière le muletier, les mains sur les épaules du garçon, et commença :

J'ai rencontré la fille
Qui s'en allait au bois
Elle était fort gentille
Mais je ne l'aimais pas...

Vincent Boyer soupira d'aise, bourra sa pipe de gros tabac noir et ferma les yeux pour écouter la voix fraîche. Mais la mère interrompit net la chanson. Jeanne-Marie... Marguerite... De jolies filles. Un peu délurées, avec des mines cruelles de chattes prêtes à sortir leurs griffes. Il remarqua avec fatuité que Marguerite le frôlait en passant près de lui et le regardait avec insistance. Il se dit qu'il se serait volontiers mêlé à leurs jeux, quand la voix de Marie Martin retentit :

— Allons ! A table, tous ! Et pressez-vous un peu si vous voulez repartir avant la nuit.

Chacun fit honneur à la soupe. Elle était épaisse, puissante, savoureuse. Pour le « chabrol », Vincent mêla au reste de bouillon un plein gobelet de vin. Puis il demanda une saucisse que Marguerite alla retirer d'une maie où l'on conservait dans le seigle, tout l'hiver, la cochonnaille. Il se sentait de bel appétit malgré ces interminables lieues dans ses jambes de vingt ans, et cette étrange sensation de gêne qu'il parvenait mal à expliquer.

— Vous comptez repartir ce soir ? demanda la mère Martin.

Vincent enjamba le lourd banc de bois, glissa un œil au-dehors à travers le fenestron et ne put réprimer un frisson. Repartir... Avec ce temps de chien...

— Non, dit-il. Je reste.

— Tu veux une chambre ou tu préfères coucher au foin ? demanda le père Martin.

La voix était belle et grave mais le regard avait quelque chose de lourd et d'inquiétant : un regard qui enveloppait, soupesait, estimait, disséquait. Un regard de maquignon. Comme Vincent tardait à répondre, il le brusqua.

— Alors, tu préfères coucher au foin ?

— Non, répondit Vincent. Je dormirai mieux dans une chambre.

Aussitôt, il regretta son choix. Mais Marguerite le regardait et il n'osait pas, devant elle, avouer sa pauvreté. Le ton brusque de l'aubergiste, les conséquences de sa propre vanité et cette sensation d'inquiétude qui se précisait gâtèrent la fin du repas. Malgré les rires étouffés des filles, leurs galopades à travers la pièce, leurs regards et leurs frôlements, il eut envie de se lever pour repartir tant qu'il restait encore un peu de jour. Il suivrait les maquignons, le muletier, ou même le mendiant.

Le premier à se retirer fut le muletier : il tenait à coucher à La Fayette. Ayant réglé son compte, il enfila sa pelisse, toucha le bord de son chapeau en guise de salutation. Les maquignons prirent congé à leur tour, suivis du mendiant dont ils avaient généreusement réglé l'écot pour le remercier de ses bonnes histoires. On entendit dehors l'un d'eux pester contre sa mule, puis le silence retomba dans la salle commune. Le crépuscule de neige teignait d'une touche rose les carreaux de l'auberge.

Vincent Boyer et M. Jean se retrouvèrent de chaque côté du foyer. Le vieillard grattait sa barbe sans arrêt d'un air inquiet, portait de temps à autre la main à la ceinture comme pour vérifier si sa petite fortune s'y trouvait toujours. Les deux filles s'occupèrent de ranger la table et de faire la vaisselle, dans un tourbillon de jupes, de sabots, de chansons :

— Nous aurons eu la neige très tôt cette année, dit Marie Martin, et l'hiver sera rude. Les oies sauvages sont passées de bonne heure.

Elle avança un tabouret près du feu, posa ses mains sur ses cuisses, le dos légèrement voûté, son regard vif passant de l'un à l'autre des voyageurs. Elle avait envie de parler. Cela se sentait. Elle semblait être de ces femmes auxquelles il faut tout dire, qui comptabilisent le moindre détail d'une conversation. Elle toussota, redressa son buste.

— Ainsi, dit-elle en se tournant vers Boyer, vous voyagez à pied avec votre attirail de ferblantier ? Je vous trouve rudement courageux, jeune homme !

— Il le faut bien, la mère. Tout le monde ne peut pas rouler carrosse. Moi, je travaille pour manger et, comme j'ai bon appétit, les kilomètres ne me font pas peur.

Marie Martin l'interrogea sur son métier, apprit que Boyer était quelque temps auparavant en apprentissage au Puy, chez un ferblantier ami de son père, et qu'il avait commencé son tour de France en se rendant à Aubenas. Marie hochait la tête. Vincent devina que ce n'était pas ce qui l'intéressait. Elle fit taire les filles qui jacassaient trop fort en tourmentant Rochette.

— Ferblantier... Un bien petit métier pour un garçon intelligent comme vous. Au bout de l'an vous n'aurez pas amassé beaucoup d'argent.

Vincent en convenait : il ne ferait pas fortune mais il n'était guère ambitieux pour ce qui est de l'argent et il était certain que la tâche ne lui ferait pas défaut. Il lui suffirait d'avoir de quoi manger, faire danser les filles dans les fêtes (son regard chercha celui de Marguerite). Et puis, ces pérégrinations lui permettraient d'apprendre son métier. Pour le moment, sa bourse était légère.

— Allons ! Allons ! Monsieur Vincent... Ne me dites pas que vous avez entrepris ce voyage sans un petit magot.

Vincent Boyer éclata d'un rire contraint. Un magot ? Comme elle y allait ! A la fin de la semaine il aurait tout juste de quoi aller au bal à Aubenas.

— C'est bien ça, la jeunesse, grommela la mère Martin, ça ne songe qu'à s'amuser au lieu d'amasser quelque argent pour les jours difficiles. Vous paraissez pourtant sérieux et économe.

— Pour tout vous dire, la mère, avoua Boyer en regardant une fois de plus vers Marguerite, j'ai bien quelque argent, mais...

Il observa que l'œil de l'aubergiste s'allumait d'un éclair de curiosité et poursuivit :

— ... mais je l'ai laissé entre les mains de mon patron, qui le fait fructifier.

— Vous avez bien raison, dit sombrement Marie Martin. Ce ne serait pas prudent de traverser ces pays avec de l'or dans sa bourse. Il s'y passe des choses inquiétantes. Ces cadavres de voyageurs perdus qu'on retrouve au printemps...

Tout ça ne me dit rien qui vaille. Il y a de fort mauvaises gens dans ces parages.

Elle poursuivit d'un ton abrupt :

— Si vous étiez attaqué en chemin par ces gredins, que feriez-vous ?

— Je leur abandonnerais les quelques sous que je porte sur moi ! répondit le ferblantier.

— Et s'ils en voulaient à votre vie autant qu'à votre bourse ?

— A ma vie ? Et pourquoi donc, la mère ?

— Sait-on jamais ? Si par exemple vous alliez raconter aux gendarmes ce qui vous est arrivé...

— Dans ce cas, je crois que je me défendrais, que je leur ferais payer cher leur audace. Je ne suis pas manchot, vous savez !

Une ombre passa sur le visage de Marie Martin, décapé par les dernières flammes de l'âtre. Son regard enveloppa le robuste garçon. Elle hocha de nouveau la tête, garda le silence quelques instants, bougea sur son tabouret et s'inclina vers le feu, les mains croisées devant elle, avant de poursuivre :

— Vous êtes courageux... Vous êtes vigoureux... Soit. Mais, une supposition. Vous vous arrêtez une nuit dans une autre auberge que celle-ci : à La Chavade, à Lanarce ou à Mayras, ou je ne sais où. Vous vous endormez et, tout à coup, vous êtes réveillé par les cris d'un client qu'on est en train d'égorger. Interviendrez-vous pour le sauver, sachant qu'on ne vous veut aucun mal à vous ?

Le visage de Vincent Boyer se rembrunit à son tour. Il glissa un regard vers le vieillard qui somnolait, la bouche ouverte, le front appuyé à la pierre habillant la gueule du four. Il se dit que la curiosité de la mère Martin passait les bornes mais, tout compte fait, ses questions ne manquaient pas de bon sens et faisaient réfléchir. Il allait beaucoup voyager. Il devrait s'arrêter dans d'autres auberges, s'exposer à la convoitise des brigands...

— Je me lèverais, dit-il. Je me porterais au secours de la victime.

— Même à vos risques et périls ?

— Parfaitement. C'est ce que j'aimerais que l'on fasse pour moi. Donc je le ferais pour d'autres.

— Et si vous ne pouviez rien pour sauver cet homme ? Si vous aviez la certitude que votre intervention est inutile ?

L'accumulation de toutes ces questions, ce regard glacé de l'aubergiste commençaient à faire naître une sourde terreur dans l'esprit de Vincent. Il bredouilla :

— Je... je crois que je ne bougerais pas.

Un sourire sardonique éclaira mystérieusement le visage aigu de la femme. Elle glissa un regard de connivence vers Martin et Rochette, en train de finir un pot de vin laissé par les maquignons en battant la carte sans perdre un mot de l'interrogatoire. La main de Marie Martin se posa sur le genou du jeune homme qui tressaillit.

— Pardonnez mes questions, dit-elle. Je suis bavarde et j'aime bien me renseigner sur les gens. Mais on s'arrête dans une auberge pour y dormir, et, à votre âge, quand on a quelques lieues dans les jambes, on dort bien, n'est-ce pas ? Et, pour vous réveiller...

— On pourrait déménager ma chambre que je n'entendrais rien ! dit précipitamment Vincent, avec un rire qui trahissait la panique.

Il ne put réprimer un sursaut. M. Jean venait de s'éveiller et le regardait fixement. Depuis combien de temps ? Il se sentait de plus en plus mal à l'aise et se répétait qu'il aurait mieux fait de suivre les maquignons et le mendiant. A l'heure qu'il est, il serait sur la route, dans le vent et la neige, mais sans cette angoisse au cœur. Une angoisse qui tenait à quoi ? Il n'aurait su le préciser avec certitude, mais il devinait confusément qu'il la partageait avec le vieil homme qui ne le quittait pas des yeux.

« Ne pas leur montrer que je les crains, se dit Vincent. Qu'ils ne devinent surtout rien de ma peur... » Il sursauta une nouvelle fois lorsque les deux adolescentes se remirent à se chamailler pour un chiffon. Quel âge pouvaient-elles avoir ? La plus âgée, Jeanne-Marie, était bonne à marier et ne tarderait pas à coiffer Sainte-Catherine ; elle était vive, malgré une certaine lourdeur des membres, et toujours en train de rire ou de se moquer de Rochette qui accueillait placidement ses railleries. La cadette, Marguerite, paraissait avoir quatre ou cinq ans de moins ; toujours en mouvement, elle jouait parfois à faire gonfler ses jupes en tournant sur elle-même comme une toupie ; menue comme elle l'était, elle semblait sur le point de s'envoler jusqu'au plafond.

— Filles ! s'écria aigrement la mère Martin, allez donc vous coucher. Il est grand temps.

Les filles ne parurent pas entendre. Elles s'assirent à la table, le menton dans une main, un œil sur la partie de cartes, l'autre sur le beau ferblantier.

— Et vous, monsieur Jean, dit Marie Martin, en se tournant vers le vieillard et en veloutant hypocritement sa voix, vous avez mal choisi votre jour pour voyager. Cette neige...

— Si vous croyez que c'est pour mon plaisir! bougonna le bonhomme.

— Une affaire urgente, peut-être...

Le vieux haussa les épaules et céda de mauvaise grâce à un nouvel interrogatoire. Vincent apprit qu'il venait de se faire régler une dette pour la vente d'une vache et qu'il ramenait soixante écus.

Martin dressa l'oreille :

— C'est un bon prix, dit-il. Vous avez fait une affaire.

M. Jean parlait avec une animation soudaine, comme s'il voulait cacher, sous ce flot de paroles, la terreur panique que trahissait son regard. Il commença à parler d'un procès qui allait lui coûter cher puis s'arrêta brusquement comme la pendule sonnait dix heures. Martin sursauta, jeta les cartes sur la table, l'air soudain courroucé :

— Dix heures! Et nous sommes encore là à écouter vos sornettes! Monsieur Jean, et toi, Boyer, vous allez monter dans vos chambres. Vous dormirez encore quand demain nous serons aux champs. Allez, ouste!

Le vieil homme protesta, mais Martin lui coupa brusquement la parole. Que cela lui plaise ou non, c'était le couvre-feu!

— J'aurais bien aimé... balbutia M. Jean.

— Quoi encore? coupa Martin.

— ... dormir dans la même chambre que ce jeune homme. A mon âge, il y a des risques à dormir seul et ce n'est pas dans mes habitudes. Il m'arrive d'être malade la nuit, et...

La mère Martin éclata :

— Pour ce que vous avez mangé, vieux grigou, vous ne serez pas indisposé !

Le vieillard, l'œil larmoyant, la main tremblante, l'air suppliant, se rapprochait de Vincent qui reculait au fur et à mesure, évitant ce regard, faisant mine de ne pas entendre cette voix implorante. Il lui semblait que c'était sa propre mort qui venait à sa rencontre, qui lui tendait la main, sous l'apparence de ce vieillard déjà à demi mort de peur.

Vincent fit le tour de la table pour éviter M. Jean et se rapprocher de Marguerite qui l'attendait au pied de l'escalier menant aux chambres et lui souriait, énigmatique, par-dessus la flamme de la chandelle.

— Mais puisque je vous dis que je ne peux pas dormir seul ! gémissait le vieillard. Au moins, laissez-moi partir ! Je trouverai bien une chambre à Lanarce.

— Avec le temps qu'il fait, vous vous égareriez, s'exclama la mère Martin et nous aurions votre mort sur la conscience !

Des rires sardoniques crépitèrent. Boyer se demanda ce qui avait pu paraître à tous si plaisant dans cette réflexion. Il se sentait de moins en moins enclin à accéder au désir du vieillard qui, maintenant, se cramponnait en gémissant à la rampe, poussé dans le dos par le père Martin.

— Allons ! Venez-vous ? demanda aigrement Marguerite. Je ne vais pas vous dévorer tout cru.

M. Jean consentit enfin, sans cesser de gémir, à monter l'escalier fort raide. Vincent Boyer et Rochette, qui couchait lui aussi à l'étage, fermaient la marche.

Marguerite poussa la porte de la première chambre, celle de gauche, devant Boyer.

— Vous coucherez ici, dit-elle, avec un sourire qui fit flamber les joues du garçon. Voici une chandelle. Bonne nuit, monsieur Vincent, et faites de beaux rêves. Surtout, fermez bien votre porte et souvenez-vous qu'on ne gagne rien à se montrer trop curieux.

« Elle semble réciter une leçon », se dit Vincent. Il frissonna, en se sentant poussé aux épaules par la main de Marguerite. L'inquiétude et le désir se mêlaient en lui. Il tendit la main pour saisir la taille de la fille qui se déroba prestement. Il murmura :

— Marguerite ! Ma petite Marguerite ! Ecoutez-moi...

Il vit l'ombre s'engouffrer dans l'escalier, entendit le bruit saccadé des socques de bois sur les marches puis un couplet de la chanson qui montait de la salle commune. Tandis que Rochette précédait le vieillard jusqu'à sa chambre, située tout au fond du couloir, il se décida à entrer et à fermer sa porte. C'est alors que le bruit d'une âpre discussion retentit :

— Une chambre... Vous appelez ce taudis une chambre ? Je ne veux pas passer la nuit ici, vous m'entendez ?

— Il faudra bien t'en contenter ! s'écria Rochette. Nous n'en avons pas d'autre. Bonne nuit !

La porte claqua. Rochette repassa devant la chambre de Boyer et alla se jeter tout habillé dans son lit-placard. Quand le ferblantier entendit craquer la paillasse, il poussa à fond le loquet. Le vieux avait raison. Quel toupet d'appeler « chambre » un taudis, une cellule de mauvaise planches où traînaient des odeurs louches. Par les rainures des planches disjointes filtraient des filets d'air glacé. La flamme de la chandelle révélait des cloisons désespérément nues, une petite table, à laquelle manquait un pied et qui portait un broc à moitié plein d'eau et une cuvette de faïence. Seul le lit paraissait convenable. Etroit, certes, mais doté d'une souple paillasse de fougère. Il se dit que, pour une nuit, il n'en mourrait pas, et qu'il pourrait même s'estimer heureux s'il n'y avait pas trop de vermine, si la note n'était pas trop salée et si ce qu'il redoutait ne se produisait pas.

Il s'approcha de la fenêtre étroite comme une meurtrière, essuya la poussière qui recouvrait les petits carreaux. La neige continuait de tomber à travers la nuit blafarde. Sur le sol de la cour, une faible lueur indiquait que les Martin n'étaient pas encore couchés. Il pouvait d'ailleurs entendre des rumeurs de voix étouffées par la distance et l'épaisseur des murs.

Vincent Boyer posa la chandelle à la tête du lit, tira le drap de dessus avec la couverture et poussa un juron en apercevant de larges taches sombres, de la dimension approximative d'un fond de seau. Il approcha la flamme d'une main tremblante. Pas d'erreur possible : c'était du sang ! Alors il comprit tout, brusquement. Ce qui n'avait été qu'angoisses diffuses, amorces de soupçons, brumes d'imagination, se portait en faisceau sur une certitude brutale : les Martin avaient prémédité le meurtre du vieillard, et cela se ferait là, à quelques pas de sa chambre, pour ainsi dire sous ses yeux. Et il n'interviendrait pas. Il ne pourrait pas intervenir. Il n'en aurait pas même le désir. Il laisserait commettre cet assassinat parce que toute intervention serait inutile. Marie Martin, Marguerite même l'avaient clairement averti. Brusquement, la précarité de sa situation lui apparaissait. Qu'il intervienne et c'en était fait de lui. Il serait tué, dépecé peut-être, enseveli en secret ou abandonné dans une congère où on le découvrirait, comme tous ces morts du printemps que la neige dépose sur des lits de pâquerettes en se retirant du plateau. Vincent Boyer... Mort mystérieusement à vingt ans, après s'être égaré dans les solitudes de l'Ardèche, un soir de brume et de neige...

Sa main qui tremblait faisait vaciller la flamme de la chandelle. Ses jambes ne le portaient plus. Une sueur glacée perlait à ses tempes. Il s'allongea, tout habillé, sur la couverture, les mains sous la nuque, l'oreille attentive pour ne rien perdre des événements qui n'allaient pas tarder à se produire. Pour tous, il dormait. Il « devait » dormir. Il ferait donc semblant et, malgré la fatigue et les émotions, il se tiendrait en éveil. Jusqu'à l'aube si c'était nécessaire.

Quelques minutes s'écoulèrent. Le parquet grinça dans le corridor. Quelqu'un (Rochette ?) vint coller l'oreille à la porte, se retira. Puis plus rien. Le silence. Seul le bruit des chevaux de renfort éveillés par une sauvagine ou un rat, et les bourrasques qui faisaient cliqueter les tuiles.

Une heure passa dans un calme parfait et Vincent commençait à se demander si son imagination n'avait pas travaillé trop vite quand, de nouveau, il entendit des pas dans l'escalier. Une personne. Deux peut-être. Contenant sa respiration, il s'efforça de discerner qui pouvaient être ces visiteurs de la nuit. Ils devaient être deux. Peut-être des voyageurs égarés qui venaient tout juste d'arriver. Et pourtant il n'avait entendu aucun bruit venant de la cour. Peut-être Marguerite ou Jeanne-Marie ? Peut-être elles deux ?

Il se figea en constatant que c'était sa porte que l'on tentait d'ouvrir et serra son couteau qu'il tenait le long de sa cuisse. Le loquet soulevé de l'extérieur, sans doute par une lame glissée dans la rainure verticale, la porte s'ouvrit et Vincent aperçut deux silhouettes qui pénétraient avec précaution dans sa cellule. Les cheveux hérissés, il se retint de hurler et continua de simuler le sommeil. Entre ses paupières mi-closes, il lui sembla reconnaître la silhouette massive de Rochette ; celle de l'autre visiteur lui était inconnue : ce devait être un garçon de son âge ; il suivait le domestique comme son ombre.

Les deux hommes n'en voulaient qu'à sa bourse, du moins pour le moment. Rochette inspecta les poches du manteau et de la veste que Boyer avait posés sur le dossier de la chaise. Il fit tinter quelques maigres piécettes dans le creux de sa main.

— Dans les trente sous... chuchota-t-il. Qu'en faisons-nous ?

— Bah ! souffla l'inconnu, laissons-lui cet argent. S'il va à Aubenas, il en aura besoin. Mais peut-être porte-t-il son magot sur lui ? Il faut nous en assurer.

Vincent eut du mal à retenir le tremblement de mâchoires qui menaçait de le trahir. La flamme de la chandelle erra sur son visage, des mains palpèrent ses vêtements, glissèrent sous l'oreiller, sous le matelas. Il crut fondre de bonheur en constatant que les gredins se retiraient. Etait-ce pour revenir se coucher ? C'est ce qu'il se dit lorsqu'il entendit le claquement léger des socques décroître dans l'escalier et le silence se coaguler de nouveau autour de lui, malgré le bourdonnement de la fièvre à ses oreilles. Décidé à renoncer au sommeil, malgré la fatigue, sa pensée le ramenait constamment à ces taches de sang, là, sous lui, et à cet autre sang qui allait maintenant couler, puisqu'il était trop lâche pour intervenir.

Une heure passa. Deux peut-être, sans que le jeune ferblantier eût trouvé le sommeil, attentif au moindre bruit, à la moindre lumière. Dehors, c'était le grand silence de la neige, avec de temps à autre le hurlement lointain d'un loup et, plus près, l'aboiement d'un chien.

Soudain, il dressa l'oreille. Des bruits venaient d'en bas. Légers d'abord, puis plus perceptibles. Bientôt, toute la demeure parut être sens dessus dessous, au point qu'il se dit que l'on devait déménager l'auberge. On ne se gênait plus. On arpentait de long en large le corridor en faisant sonner les socques de bois, en parlant à voix basse mais assez distinctement pour que Vincent Boyer pût mettre un visage sur chacune de ces voix.

Plusieurs coups sourds ébranlèrent la porte du fond, celle de la « chambre » occupée par M. Jean. Puis la voix puissante et rocailleuse de Rochette retentit :

— Il va faire jour. Lève-toi. Il est temps pour toi de partir.

Silence. Puis, de nouveau, la voix de Rochette :

— Est-ce que tu m'entends, vieux grigou? Lève-toi au plus vite! Nous savons que tu ne dors pas.

Vincent entendit des coups plus sourds portés contre le battant de bois comme si on tentait de l'enfoncer à coups d'épaule. Le vieux avait dû se barricader. Il y eut un bref conciliabule, puis de nouveau des pas. « Cette fois, songea Vincent, ce sont des pieds nus. » Un murmure de voix monta de la cuisine, puis le silence retomba de nouveau. La demi-heure qui suivit parut interminable à Vincent. Puis il y eut encore des voix et des pas. Plus nombreux peut-être qu'auparavant. Mêlés à des éclats de rire étouffés par des jurons. Il s'assit sur le grabat, bien décidé à se défendre s'il était attaqué. Des ombres déambulèrent de nouveau dans le corridor. Puis la voix de Rochette répéta la même sommation :

— Debout, vieux paresseux! Le jour se lève et ta mule commence à s'impatienter.

Vincent fronça le sourcil : il faisait encore nuit noire et la clarté diffuse qui se diluait contre la vitre n'était que le reflet de la neige.

Malgré les imprécations de Rochette, la porte de M. Jean restait obstinément close. Vincent se demandait si le domestique et ceux qui l'accompagnaient allaient se retirer une fois pour toutes quand un bruit terrible ébranla la demeure : sous le coup d'épaule de Rochette, le loquet avait sauté et la porte s'était ouverte dans un bruit de tonnerre. Vincent se dressa, son couteau dans la main, et se demanda comment il allait pouvoir fuir sans attirer l'attention. Le sort de ce vieil homme trop bavard lui importait peu, après tout, et il n'allait pas risquer sa vie pour le sauver ! Il replaça son couteau dans sa poche, s'habilla, sourd aux appels au secours qui venaient du fond du corridor. Il ouvrit l'étroite fenêtre qui donnait sur la cour. Comme il pointait la tête au-dehors avant de sauter, il aperçut une silhouette inconnue, peut-être celle de l'homme qui avait pénétré dans sa chambre en compagnie de Rochette. Debout dans la neige, quelques mètres plus bas, il cria :

— Eh ! là-haut ! Qu'est-ce que tu essaies de faire ?

— Je... J'avais besoin, bredouilla Vincent, de me soulager.

— Tu as un pot sous le lit. Recouche-toi. Tu vas prendre froid !

Fou de terreur, se sentant pris au piège, Vincent referma la fenêtre et se laissa tomber dans l'ombre sur la chaise, prêt à faire face. Il se redressa d'un bond en entendant un sourd bruit de lutte, des appels poignants, des ricanements, des coups frappés contre les cloisons, tout un chapelet de jurons étouffés... Et soudain, une longue plainte qui déchira la nuit. « On dirait le cri d'un animal qu'on égorge », songea Vincent. Un ignoble gargouillis. Une dernière plainte. Puis plus rien.

Tout à coup, alors que Vincent portait les mains à ses oreilles pour ne plus entendre, lui parvint une voix fraîche comme une source : la voix toute barbouillée d'innocence de Marguerite qui poursuivait sa chanson en battant des mains. Elle était là. Tout contre la porte. Tout près de lui. Et il pouvait aussi entendre chuchoter la voix de Jeanne-Marie et, un peu plus loin, celle de la mère Martin qui rabrouait les dévergondées, les chiennes qui grattaient à la porte du jeune voyageur.

« Ces filles, songea Vincent, mais qui sont-elles donc ? Des démons ? Mais alors pourquoi ces mines aimables pour le voyageur ni beau, ni riche que je suis ? Des innocentes ? Mais alors pourquoi se mettent-elles à chanter alors que l'on est en train d'égorger un vieillard sous leurs yeux ? »

Il prêta l'oreille, entendit quelques bribes de la chanson, puis la voix étouffée de la mère Martin. Une voix de pie grièche :

— Allons ! les filles... écartez-vous. Retournez vous coucher !

Les filles s'éloignèrent. Vincent imagina les deux hommes, Martin et Rochette, en train de traîner le corps dans le couloir. Il perçut le raclement des sabots sur le parquet, les efforts, puis la voix étouffée de la mère Martin réclamant de l'eau et des brosses. Les filles descendirent au galop jusqu'à la salle commune, remontèrent peu après et Vincent entendit le bruit des brosses et le gloussement des filles. Une odeur fade envahit sa chambre. Il songea : « A présent, cela va être mon tour. »

Combien d'heures encore avant le matin ? Combien d'heures à attendre, assis sur cette chaise, dans ce silence plombé de terreur, dans le froid de l'immensité neigeuse qui se resserrait autour de la maison ? Combien d'heures à guetter la clarté de l'aube ? Vincent Boyer se sentait comme écrasé d'angoisse, de fatigue, de honte, prêt à sangloter sur lui-même ou à s'injurier pour sa lâcheté. Il ne put dormir. Glacé jusqu'à la moelle, il ne serait revenu pour rien au monde s'allonger sous les couvertures, sur ce grabat où d'autres avaient gémi et saigné.

Lorsque le jour perça, que la maison commença à secouer son engourdissement nocturne, que les chevaux de renfort commencèrent à s'agiter et à piaffer, que l'odeur de la fumée monta de la salle commune avec le bruit des ménagères au travail, Vincent Boyer se décida à descendre. Il se répétait, en claquant des dents : « Ne rien dire. Faire comme si j'avais dormi. Comme si je n'avais rien surpris de cet assassinat. Rester naturel. Il y va de ma vie. »

Il se lava le visage à l'eau poussiéreuse du broc et jeta un coup d'œil au-dehors : dans le gris-rosé de l'aube, la campagne était entièrement recouverte de neige mais une frange de ciel bleu tremblait au-dessus des lointaines forêts.

A peine Vincent Boyer avait-il descendu l'escalier, qu'il se demanda s'il n'avait pas traversé un cauchemar. Tout, dans la salle commune, était en ordre : les trois lits étaient recouverts de leur courtepointe en indienne ; un feu clair pétillait dans l'âtre, reflété par la vitre de la comtoise et les boiseries cirées ; le dallage de basalte, nettoyé de frais, avait des reflets de glacier ; la neige sur laquelle le soleil commençait à se poser baignait toute la pièce d'une clarté blanche ; dans la cour, près de l'écurie, une voix de femme chantait – Marguerite ou Jeanne-Marie ?

— Mais... dit étourdiment Vincent, je... je ne comprends pas !

— Qu'est-ce que vous ne comprenez pas ? lui demanda l'aubergiste avec un sourire en coulisse.

Elle se tenait assise à la grande table de chêne, en train d'éplucher des pommes de terre. De la pointe de son couteau, elle lui désigna la place en face d'elle et dit d'une voix froidement ironique :

— Asseyez-vous le dos au feu. Vous avez mauvaise mine et vous paraissez transi. Auriez-vous mal dormi ? En tout cas, vous avez dormi longtemps. Regardez la pendule : elle marque huit heures ! Il est vrai qu'à votre âge...

— C'est vrai, répondit Vincent d'une voix sans timbre. Je devrais être en route, d'autant que cette neige va me retarder.

— Dans trois ou quatre heures elle aura fondu. Elle ne tient jamais longtemps en cette saison. Je vais vous servir un casse-croûte.

Vincent s'assit, la tête brumeuse, le regard brouillé. Marie Martin l'observait fixement, sans se départir de ce sourire narquois qui lui tirait un coin des lèvres vers les joues. Elle lui dit dans un souffle :

— Cette nuit, avez-vous entendu du bruit dans la maison ?

Vincent s'efforça de sourire :

— Ma foi, non, j'ai dormi comme une souche. Et pourtant...

— Dites !

— Il me semble que des voyageurs sont arrivés tard. Des muletiers, sans doute ?

— Cela se produit souvent, en effet. Il faut se lever en pleine nuit, ranimer le feu, réchauffer ce qui reste de soupe... Mais dites-moi, quelle sorte de bruits avez-vous entendus ?

— Comment vous expliquer ? balbutia Vincent. A vrai dire... je ne me souviens plus. A mon âge, on a le sommeil dur.

Il se dressa brusquement, conscient d'en avoir trop dit.

— Il faut que je parte. Tout de suite.

— Comme ça ? Sans avoir déjeuné ?

— Je mangerai un morceau en route.

— Comme vous voudrez.

Elle lui tailla dans la miche un chanteau de pain bis large comme deux fois la main, y ajouta un fromage du pays, lui demanda dix sous, plus vingt sous pour la chambre. Elle ne le quittait pas des yeux, avec son sempiternel sourire ironique aux lèvres. Vincent régla la note, enfila son manteau, prit sa canne, son casse-croûte et son balluchon de ferblantier. En s'enfonçant dans l'air humide et froid de la matinée, il respirait à larges goulées. Devant lui, le plateau s'étendait à perte de vue avec, dans les fonds, des lacs de soleil et des montagnes de brume.

Dès qu'il fut certain qu'on ne pouvait plus l'observer, une fois hors des limites du hameau, Vincent Boyer se mit à courir pour échapper plus vite au cauchemar. Il courut ainsi, à perdre haleine, jusqu'à ce qu'il ne distinguât plus, sur l'étendue blanche où la neige commençait à fondre, qu'une lointaine fumée montant des cheminées de Peyrebeille.

***

— Silence ! Je vous en prie ! s'écrie le président.

On le sent nerveux, tendu, encore sous le coup du récit que le témoin vient de faire, des indications précises qu'il vient de fournir sur les instances du procureur du roi. Vincent Boyer... Cet homme de trente ans environ, au regard fuyant, inquiet, ne peut avoir tout inventé de ce qu'il a relaté : il n'a pas d'imagination ! Il est vrai qu'en fait, s'il prétend avoir entendu le drame dans tous ses épisodes, il n'en a pour ainsi dire rien vu. Il est vrai aussi que dix ans ont passé et qu'avec le temps, la mémoire des faits devient confuse.

— Voyons, Boyer, dit le président. Vous paraissez être un honnête homme. Pourquoi, après avoir renoncé à intervenir, n'avoir rien raconté aux gendarmes ?

Silence.

— A qui avez-vous parlé de votre nuit à Peyrebeille ?

— A personne, monsieur le président.

Le président laisse retomber les deux mains sur les bras de son fauteuil, répétant, comme pour prendre le ciel à témoin : « A personne ! A personne ! » Il ajoute :

— Cela peut signifier que vous n'étiez pas certain de la nature des événements de cette nuit-là. D'ailleurs, ce M. Jean, à ma connaissance, n'a jamais fait l'objet d'un avis de recherche après sa disparition ?

Vincent Boyer se dresse à la barre. Pourquoi aurait-il inventé cette histoire ? Et comment aurait-il pu le faire ? Il a raconté ce qu'il a entendu.

Furieuse, Marie Martin se dresse :

— Il ment ! Tout ce qu'il a raconté est faux ! Nous n'avons jamais rencontré ni hébergé ce monsieur dont on nous rebat les oreilles !

Durant la déposition et l'interrogatoire du ferblantier, elle est restée de marbre, préoccupée, semble-t-il, uniquement de ses mains. Depuis qu'on lui a retiré son tricot, elle les contemple inlassablement. Et soudain elle bondit, grince des dents, menace, tonne, brandit le poing vers le témoin, la cour, l'assistance. Une Méduse au regard insoutenable, dressée face au prétoire et aux jurés. Elle s'écrie :

— Nous sommes innocents ! Ce procès que l'on nous fait est une machination ! On cherche à nous nuire parce qu'on est jaloux de notre réussite !

Le président s'indigne :

— Maître Dousson, faites taire votre cliente ! Je vous préviens que la cour n'en supportera pas davantage.

Maître Dousson se retourne, saisit sa cliente par la main, lui parle à voix basse. Marie fait mine d'écouter cet homme d'âge mûr, ce vieux lion de prétoire, qui s'est longtemps et bien battu au cours de sa carrière. Et soudain...

— Lâchez-moi ! s'écrie l'accusée.

Elle repousse violemment l'avocat puis se rassied, rassérénée.

— L'audience pourra-t-elle enfin se poursuivre ? demande ironiquement le procureur du roi, M. Aymard.

Marie Martin le toise d'un regard méprisant, pose les mains sur le rebord du box, ouvre la bouche pour riposter.

— Laisse donc ! dit doucement Pierre Martin. Ce que tu dis ne sert à rien et même risque de nous porter tort. Tu le sais bien, Marie. Alors, tais-toi.

Marie se tait. Martin a raison : il faudra qu'elle s'impose de ne pas parler, sauf lorsqu'on l'interrogera. Et lorsqu'on lui posera des questions, elle devra nier, tout nier.

Une voix fuse de l'assistance :

— A mort ! A mort les assassins !

Marie Martin tourne son regard vers cette masse de visages anonymes qui bouge, qui murmure, qui gronde, qui crie son horreur et son indignation, qui pleure. Et les regards se détournent de son regard à elle, lourd de mépris. Elle est comme ces figures de proue sur lesquelles les crachats de la mer n'ont aucune prise.

Et la voilà qui retombe dans sa prostration, les mains à plat devant elle, lorsque le président demande que l'on fasse entrer le témoin suivant.

4.

CONTES D'OGRES

Ce pays, entre les forêts de Bauzon, de Mazan, de La Fayette, n'est jamais aussi agréable, aussi riche de vie qu'au mois de mai. Les sortilèges des saisons noires font retraite vers les bois, se diluent sur les pentes comme ces brumes du matin que boit le premier soleil. Le pays s'ouvre et respire. C'est le temps des grands trafics, des caravanes menées par des muletiers harnachés comme des Espagnols, joyeux comme des Provençaux dès qu'ils sont en groupe et se retrouvent à une table d'auberge, grands conteurs d'histoires et bons chanteurs à l'occasion ; coureurs de filles aussi, et les filles ne résistent guère à ces hommes des grands chemins, beaux parleurs et bons vivants. C'est le temps des puissants charrois : rouliers, voituriers, charretiers au verbe haut, brutaux et taciturnes souvent, qui transportent dans leurs charrettes les bois et les récoltes.

C'est aussi le mois des longs crépuscules qui n'en finissent plus de mourir, de faire chatoyer les plaines dans le lointain comme des lacs de feu autour des suquets noirs.

Michel Hugon n'était pas pressé de rentrer ce soir-là. Il avait quitté la foire de Jaujac, entre Aubenas et Thueyts tard dans la matinée, avait déjeuné d'un chanteau et d'une saucisse au Pont de Labeaune et se disait qu'il arriverait bien assez tôt à sa ferme de Pradelles pour y dormir trois ou quatre heures avant l'aube prochaine.

L'air était vif et clair, et il marchait bon train, heureux de ce soleil de mai, de cette liberté qui le poussait dans le dos pour l'aider dans sa marche, de cette bourse bien tassée au fond de sa poche, qui venait de se gonfler de quelques écus. Une belle journée. Une bonne journée. Il s'arrêta pour boire une pinte à Thueyts, puis une autre à La Chavade. Juste pour se désaltérer et sans perdre trop de temps.

Au soir tombant, Michel Hugon aperçut le hameau de Peyrebeille. Il le devina plutôt, aux fumées bien droites qui montaient dans l'air calme de la soirée. Il souperait là. Il avait envie de faire un vrai repas.

La flambée du soir pétillait et la salle commune sentait la soupe chaude. Michel Hugon mangea de bon appétit, les jambes allongées sous la table. Il fit un « chabrol » de roulier, commanda une omelette, puis un fromage, tout en parlant et en trinquant avec un groupe de muletiers. Il se sentait parfaitement à l'aise et guère disposé à aller retrouver la mégère qui l'attendait à la ferme pour compter ses écus dès qu'il rentrerait. Il regarda partir un à un les clients. Le dernier monta dans sa chambre, précédé de Jeanne-Marie.

— Alors, demanda la mère Martin, la journée a été bonne, monsieur Hugon ?

— Ma foi, pas mauvaise. Je n'ai pas à me plaindre. Les affaires reprennent et ma bourse commence à s'arrondir.

L'aubergiste s'assit en face de lui, le questionna habilement en lui versant une rasade. Elle s'exclama immodérément, lorsque Hugon lui eut révélé le montant de ses transactions.

— Je vous trouve bien imprudent, dit-elle, d'aller courir les chemins, de nuit, avec une telle somme sur vous, alors que vous pourriez dormir tranquillement ici et repartir demain matin à la fraîche. Allons, restez couchés.

Hugon refusa maladroitement et l'aubergiste insista lourdement. Il résista plus ferme encore. S'il ne rentrait pas comme il l'avait promis, son épouse s'imaginerait qu'il avait rencontré quelque gourgandine !

— Si vous voulez vous éviter une dépense, ajouta Marie Martin, vous pouvez aller coucher au foin. Rochette vous éveillera au petit jour.

De plus en plus inquiet, le voyageur se leva, but une dernière gorgée de vin gris, s'essuya la moustache au revers de manche de sa blouse et enfonça son chapeau sur la tête.

— Grand merci ! dit-il d'un ton ferme. Il faut absolument que je m'en retourne. Je connais un raccourci où je suis sûr de ne faire aucune mauvaise rencontre.

Depuis environ un an que Brun l'Enfer était en prison avec quelques-uns de ses lieutenants, le pays connaissait une ère de relative tranquillité. Depuis l'assassinat, l'année précédente, d'un certain Anjolras, ancien prêtre, ennemi juré du bandit Claude Duny, on n'avait mentionné pour ainsi dire aucune affaire criminelle dans la région entre Privas et Coucouron.

— Alors, dit aigrement l'aubergiste, tant pis pour vous. S'il vous arrive malheur, vous ne vous en prendrez qu'à votre imprudence. Allez au diable !

Michel Hugon partit d'un pas léger, la pipe aux lèvres. Il obliqua par un chemin de traverse baigné de lune. La steppe d'herbe rase était uniformément nue, sauf un tronc d'arbre abattu par la foudre, dont un moignon se dressait à une cinquantaine de pas devant lui, contre le ciel où saignait encore un peu de crépuscule. « Bizarre, se dit Hugon. Il n'y a jamais eu, que je sache, d'arbre à cet endroit. Peut-être bien que j'ai bu un coup de trop. » Il poursuivit son chemin puis s'arrêta brusquement en constatant que l'arbre en question venait de se déplacer et qu'en fait il s'agissait d'un homme. Cet homme tenait à la main un objet qui pouvait être aussi bien une arme qu'un outil. Hugon se dit que l'auberge n'était pas loin et qu'en courant vite...

— Halte-là ! dit l'homme-arbre.

— Que me voulez-vous ? balbutia Hugon.

Ils étaient maintenant à trois ou quatre pas l'un de l'autre. L'homme-arbre ne répondit pas. Il se contenta de soulever l'outil qu'il tenait à la main (une pioche) et de se ruer sur le voyageur pour le frapper. Hugon fit un saut de côté mais ne put éviter le contact de l'outil. Il ressentit une vive douleur là où le fer avait glissé. Il bondit, ceintura son agresseur, mais l'homme était vif et robuste. Ils luttèrent sauvagement, Hugon s'efforçant d'arracher la pioche des mains de son adversaire. Il était sur le point d'arriver à ses fins lorsqu'une voix lui parvint, en même temps qu'apparaissait une silhouette jaillissant de derrière un bloc de basalte.

— Me voici, maître ! cria la voix. Frappez plus fort.

« Si je ne parviens pas à me dégager et à m'enfuir, se dit Hugon, je suis un homme mort. » Il asséna au jugé un coup terrible, parvint à se libérer, disparut dans une fondrière, remonta la pente opposée en s'aidant des aspérités de la roche et se retourna. Les deux hommes étaient loin derrière lui. Il se mit à galoper comme un cheval fou, comme ce cheval qui, quelques années auparavant, errait dans la lande à la recherche de son maître.

Puis il s'écroula, à bout de souffle.

***

— Vos agresseurs, demande le président, les avez-vous reconnus ?

Michel Hugon est formel.

— C'était le père Martin et son domestique Rochette. Je n'étais point ivre, et il y avait assez de jour pour que je puisse les reconnaître. J'en mettrais ma main au feu.

Rochette se lève de son banc. Tous les regards se braquent sur le « nègre », comme on l'appelle, qui s'est jusque-là tenu parfaitement tranquille.

— Il ment, monsieur le président. Je ne connais pas cet homme. Je ne l'ai jamais vu. Quelle raison aurions-nous eue de lui vouloir du mal ?

— C'est à ma bourse que vous en vouliez, gredins ! s'exclame Hugon. Je l'ai compris, rien qu'à la façon que cette mégère avait de m'interroger. Je sais maintenant que si j'étais resté coucher à Peyrebeille ce soir-là, j'y aurais laissé ma peau après tant d'autres !

Maître Croze intervient avec véhémence. Le témoin n'a pas le droit d'injurier les accusés et d'affirmer ce dont il n'est pas certain. Et d'abord, pourquoi Hugon n'a-t-il pas prévenu la gendarmerie ?

Le témoin baisse la tête, gratte le parquet de la pointe de sa canne, profondément troublé. Il se tait, comme il a préféré se taire jadis. Parler, raconter son aventure, c'était s'exposer à des représailles de la part de ces brigands. D'autres (Souchon, Dufaux...) sont morts pour n'avoir pas su observer la loi du silence.

— Ainsi, conclut nerveusement le président, vous ne trouvez rien à répondre ? Alors, retirez-vous ! Faites entrer le témoin suivant !

***

La journée avait été rude. Une de ces journées de juillet charriant à fleur d'horizon des orages qui n'éclatent jamais. Les montagnes de l'Ardèche, de La Sauvetat à Largentière, cuisaient à feu doux entre des forteresses de forêts.

Cette course qu'il avait à effectuer à Largentière, André Peyre, modeste propriétaire de La Sauvetat, commune du canton de Pradelles, s'en serait bien passé. Il était parti tôt après le déjeuner, alors que les chemins gardaient encore un peu de la fraîcheur matinale. A dix heures, il tirait la langue ; le soir, en arrivant à Peyrebeille, il était mort de fatigue. Pourtant, il s'était arrêté plusieurs fois en route pour visiter quelques débiteurs ou boire une pinte avec des amis.

L'auberge des Martin s'ouvrit à lui comme un havre de grâce. Il aurait aimé pousser plus loin, mais la fatigue lui rompait les os et il se sentait une faim de loup. Et cette odeur de soupe au lard qui cuisait dans l'âtre...

« Bon, se dit-il. J'avale une assiettée de soupe, et hop ! je saute dans la fenière où on dort si bien en cette saison. »

Peyre ne s'en tira pas à si bon compte. Il faut dire que la soirée était si douce, avec tous ces parfums de la montagne qui entraient par la porte ouverte, qu'il se laissa sans réticence interroger par Marie Martin.

— Eh ! oui, madame Martin, répondit-il, je dois pousser jusqu'à Largentière. Ce n'est pas la porte à côté, mais j'ai des affaires urgentes à régler là-bas avec un notaire, pour la succession qui vient de m'échoir d'un mien parent récemment décédé.

— Vous allez toucher la forte somme, hein ?

— Eh oui, madame Martin. L'ennui, c'est que les droits me mangeront une partie de l'héritage. Mais j'ai là de quoi les payer, car j'ai fait la tournée de mes débiteurs.

Il posa avec orgueil ses mains à plat sur sa ceinture large de quatre doigts et cloutée de cuivre.

Puis il pâlit en songeant qu'il venait de commettre une imprudence. Il n'aimait pas cette soudaine lueur de cupidité dans l'œil de l'aubergiste. Si c'était vrai, tout ce que l'on raconte à mots couverts sur cette sinistre bâtisse et ses propriétaires ? Fort heureusement, ce soir-là, l'auberge était bien garnie et fort animée, et Peyre, après boire, s'y sentit de nouveau en sécurité. On y voyait des gens de bonne compagnie comme ce monsieur très correctement vêtu pour un paysan : Philémon Pertuis qui, deux ans auparavant, avait épousé la cadette des filles de la maison, Marguerite. Fils d'un juge de paix de la Haute-Loire, ce « petit monsieur » ne se serait pas fourvoyé aveuglément dans la caverne des Quarante Voleurs. Il y avait aussi un garde-chasse un peu rustaud nommé Robert, qui courtisait Jeanne-Marie sous l'œil jaloux de Rochette, et une petite ravaudeuse, Marie Armand, qui semblait faire partie de la maisonnée, et qui avait un visage bien honnête.

Alors, se sentant de nouveau en confiance, Peyre parla, donnant force détails sur cette succession qui allait faire de lui un homme riche. Il trouva même naturel qu'on lui demandât si quelqu'un de sa famille et de ses amis rencontrés en cours de route connaissait sa décision de coucher à Peyrebeille. Non. Personne. Lui-même n'y songeait point avant d'arriver dans cette accueillante demeure. Mais, réflexion faite, il avait eu raison de se décider : il n'aurait pu poursuivre son chemin sans risquer de céder à la fatigue qui, à son âge, vient plus vite qu'à vingt ans.

— N'est-ce pas, monsieur Pertuis ?

Il regardait le « petit monsieur », puis Marguerite, beau brin de fille qui se tenait amoureusement pelotonnée contre lui, et il se disait que, tandis qu'il dormirait, seul, dans la fenière, ces deux-là se donneraient du bon temps.

— Eh ! bien, dit-il en se levant, bonsoir la compagnie. Je m'en vais au foin. Je réglerai mon compte demain au lever.

Il salua, se retira, s'enfonça avec volupté dans le foin qui sentait l'été et s'endormit d'un sommeil pesant en songeant à Marguerite et au « petit monsieur ».

Il n'était pas encore minuit et tout paraissait dormir dans l'auberge quand André Peyre se réveilla en sursaut : on le tirait par les pieds ! Et comme il dormait sur le bord de la fenière, il lui sembla dégringoler vertigineusement, bien que la hauteur n'excédât pas deux mètres et que la chute fût amortie par l'épaisse couche de fourrage tapissant le plancher.

Etourdi par la chute qui l'avait tiré brutalement de son sommeil, Peyre tâtonna dans l'ombre autour de lui, la gorge nouée par l'angoisse, hésitant à bouger, de crainte de faire une nouvelle chute qui lui eût peut-être été fatale.

Soudain, au-dessus de lui, l'échelle bougea, craqua. Quelqu'un descendait.

— Qui êtes-vous ? Que me voulez-vous ? gémit le voyageur.

A un bruit plus sourd, il comprit que son agresseur venait de poser pied sur le plancher. Il entendait sa respiration mais ne distinguait rien, si ce n'est une masse sombre et une mauvaise odeur de transpiration. Malgré la terreur qui lui glaçait les os, il trouva suffisamment de ressources pour se mettre sur la défensive. Il porta les deux mains vers la forme haute et massive qu'il distinguait vaguement et frémit en rencontrant le contact glacé d'un objet en métal. Eperdu, il tâtonna, parvint à saisir son agresseur par sa chemise, à remonter jusqu'au col et à le secouer en hurlant :

— Brigand ! Assassin !

Il repoussa l'inconnu qui alla buter contre le poinçon de la charpente.

Tandis que les deux antagonistes s'épiaient à travers l'ombre, une lointaine rumeur se fit entendre dans la nuit : des bruits de voix, des sonnailles de chevaux, des roulements lointains sur la chaussée de basalte. Des voyageurs arrivaient fort à propos à l'auberge.

« Si je puis tenir encore quelques secondes face à ce gredin, se dit Peyre, je suis sauvé, sinon... » Tous ses sens en éveil, il inspecta les alentours, tâchant de déceler les intentions de son agresseur. Aucun mouvement, aucun bruit. L'homme avait dû renoncer à son projet et se retirer, à moins qu'il n'attendît que son adversaire se trahît lui-même.

Soudain, une porte s'ouvrit et la silhouette du gredin se découpa sur le fond de la pièce où tremblotait la lueur du foyer.

Peyre sursauta, s'écria :

— Je te reconnais ! C'est toi, Pierre Martin ! Tu en voulais à ma bourse, brigand !

L'ombre répondit :

— Tu as bien de la chance que des gens arrivent à cette heure, sinon ton compte était bon. Mais si tu ne tiens pas ta langue, nous nous retrouverons. Et alors...

La porte refermée brutalement, Peyre fut de nouveau plongé dans l'obscurité la plus totale. Machinalement, il porta la main à sa ceinture bardée d'écus intérieurement. Il n'en manquait pas un.

En tâtonnant, il parvint à retrouver la porte de l'écurie, à l'ouvrir et à se glisser à l'extérieur. La nuit était tiède et si claire qu'il put se diriger sans peine. Dans la cour de l'auberge, les bûcherons de la forêt de Bauzon, qui venaient de mettre pied à terre, menaient grand tapage, réclamant du vin sur l'air des lampions et faisant claquer leurs fouets. Un ballet de lanternes sourdes traversa la cour. Il était temps de déguerpir. L'angoisse aux tripes, Peyre disparut dans la nuit.

***

Maître Croze, défenseur de Pierre Martin, ne tient plus en place depuis le début de la déposition de Peyre.

— C'est un tissu de sornettes, monsieur le président! explose-t-il. Encore une histoire qui se déroule dans l'ombre, après boire, où l'on n'aperçoit que des silhouettes et où, finalement, personne n'est sûr de rien!

Désignant le témoin, le président demande :

— Est-ce que l'un des prévenus connaît l'homme?

Les prisonniers se concertent du regard et font de la tête un signe de dénégation. L'avocat ajoute en regardant fixement Peyre :

— Peut-on savoir pourquoi le témoin n'a pas daigné demander le secours des voituriers ?

Peyre se trouble, blêmit. Comment avouer que, comme Hugon, il était sous l'emprise d'une terreur panique. Il craignait que les brigands ne lui fissent payer cher sa dénonciation. Il se voyait déjà précipité du haut d'une falaise, noyé dans une rivière, ou la gorge tranchée au coin d'un bois.

— Vous avez pris peur pour rien ! s'écrie Maître Croze. Tout comme Hugon ! Tout comme Boyer ! Vous êtes des poltrons et la justice serait en droit de vous demander des comptes.

— C'est possible ! riposte le procureur du roi, mais cela n'annule pas les charges relevées contre les prévenus. Messieurs les jurés, un homme aussi naïf, aussi simple qu'André Peyre n'a pu inventer une telle histoire. Ni Hugon, ni Boyer, ni les autres témoins !

Une vague de rumeurs d'assentiment monte de l'assistance. La sonnette du président s'affole et le calme, lentement, avec des soubresauts, retombe sur l'assemblée. Plus personne ne semble dupe : c'est bien Martin qui a agressé Peyre. Martin qui baisse la tête. Martin qui dit son chapelet. Martin qui semble avoir renoncé à se défendre.

5.

LES DOIGTS CROCHUS

Quand il se retournait sur son passé, Pierre Martin avait tout lieu d'être fier. Le dimanche, au moment de monter dans sa voiture à cheval pour se rendre à la messe à Lanarce, il s'étudiait longuement dans son miroir. Il était encore bel homme ; malgré des allures un peu frustes qui sentaient le paysan parvenu, il en imposait à tous quand il débarquait avec ostentation sur la place de Lanarce, son domestique près de lui, la taille cambrée, le menton haut, une pointe d'arrogance dans le regard. Il attirait l'attention par la veste et le pantalon de drap vert, le gilet rayé de bleu, blanc, vert, rouge, la cravate épanouie comme une fleur amarante et, coiffant son visage glabre et brutal, le chapeau des montagnards à grandes ailes ; il écartait les pans de sa veste pour que l'on remarquât bien la chaîne de montre battant son gilet.

On se demandait : est-ce bien le même Pierre Martin qui, petit fermier venu de Chabourzial, avait débarqué à Peyrebeille un jour d'automne de l'an 1808 ? Est-ce bien lui qui, arrivé pour ainsi dire avec rien chez son beau-père, Louis Breysse, avait trimé à s'en arracher la peau des mains sur cette terre ingrate, sous ce climat inhumain, et s'était saigné aux quatre veines pour élever ses deux filles ?

La première acquisition de Pierre Martin avait été cette maison du Coula où il s'était installé avec sa famille. Il ne lui avait pas fallu plus de deux ou trois ans pour amasser la somme nécessaire. C'était le début de la prospérité : une prospérité que certains ne tardèrent pas à juger suspecte. Maître du Coula, il avait, dans les années suivantes, tenu discrètement une auberge et loué des chevaux de renfort. Pas de quoi mener grand train !

C'est pourtant vers cette époque que Martin fréquente les cabinets des notaires et joue les hommes d'affaires.

Il loue en 1812 un deuxième domaine à quatre kilomètres de Peyrebeille. L'année suivante, il achète une vaste prairie (on en connaît le prix exact : 2 700 francs, presque une fortune). Il prête même de l'argent : des sommes importantes : 1 500 francs à Moulin, 600 francs à Belin, 600 francs à Jean Clauzon, 126 francs à Louis Gibert, habitant du hameau de Peyrebeille... Tout cela en deux ou trois ans seulement. Le banquier Martin... Le banquier en sabots...

Magnanime – ou pusillanime ? – Martin fait un jour une aumône de millionnaire au curé de Lanarce qui manque en avoir un coup de sang : il lui donne 500 francs pour ses œuvres, de quoi payer cinq ouvriers pendant un trimestre, et il ajoute même : « S'il vous manque encore quelque chose, dites-le-moi. » Voilà un chrétien qui ne lésine pas sur le tarif du salut éternel.

La ronde des transactions et des spéculations ne cesse pratiquement plus. Martin achète pour 5 000 francs un pré du côté d'Issanlas. En 1818, coup de théâtre : il achète à Gibert le domaine sur lequel il va installer l'auberge dont il rêve depuis toujours et qui existe encore. Montant de la transaction : 3 941 francs !

L'aubergiste Pierre Martin n'a que trente-six ans. En un peu moins de dix ans, il a édifié une fortune considérable. Grâce à son travail et à son esprit d'entreprise, disent les uns ; par des procédés beaucoup moins honorables, murmurent les autres.

En 1826, l'année où la tête de Brun l'Enfer tombe sur la place de Meyras et où il prononce sa parole célèbre : « On tue l'Enfer mais on laisse vivre le Diable », Martin marie sa fille cadette, Marguerite. On ne connaît pas le montant de la dot, mais on peut l'estimer quand on sait que celle de l'aînée, quelques années plus tard, s'élèvera à 20 000 francs (en grande partie constituée par des biens immobiliers, il est vrai). Marguerite épouse un beau parti : le « petit monsieur » que Peyre a rencontré deux ans plus tard à l'auberge, Philémon Pertuis. Le ménage vit quelques années à Peyrebeille puis s'installe dans un domaine nouvellement acquis, à La Fayette, à trois ou quatre kilomètres de l'auberge, pour y tenir plus tard le même négoce.

Généreux avec le curé de Lanarce, Martin l'est également avec les gendarmes, mais dans de moindres proportions. Ils font souvent halte chez lui, sachant qu'il y a toujours à leur intention une bouteille de saint-péray ou de vinezac à mettre « en vidange », comme ils disent finement, et une tourte au râtelier. Ils savent que là plus sûrement qu'ailleurs, en cassant la croûte, ceinturon débouclé, ils apprendront les nouvelles du pays, car la mère aubergiste s'y entend pour tirer les vers du nez aux clients. Certains de ces braves pandores sont devenus des amis de la famille ; ils sont à Peyrebeille comme chez eux et ils riraient bien si quelque maquignon alourdi de vin et de mangeaille, quelque colporteur mythomane, quelque mendiant vindicatif venait leur raconter une de ces histoires de brigands dont l'auberge de Peyrebeille aurait été le théâtre.

***

Une réputation en pierre de taille. Ebréchée cependant par d'étranges histoires.

Ainsi celle que Pierre Bonnet vient raconter à la barre :

— Ils m'ont volé un couteau, monsieur le président, un couteau auquel je tenais beaucoup. J'ai eu beau le réclamer à Pierre Martin, il a toujours refusé de me le rendre. Je suis certain pourtant qu'il me l'a dérobé, il y a deux ans, alors que j'avais logé dans son auberge.

Ainsi celle de Jean Sabaton. Cette fois-ci, c'est d'un mouton dont il s'agit :

— J'ai vu tout de suite qu'il manquait à mon troupeau quand j'ai voulu repartir. Je ne suis qu'un pauvre homme et Martin est riche. Pourquoi s'en prend-il à des malheureux pour accroître sa fortune ?

Ainsi celle de cette femme, Catherine Vocanson, qui vivait du colportage de bijoux. Elle coucha un soir à Peyrebeille et, le lendemain, constata que des bijoux manquaient à son éventaire. Elle les réclama vainement jusqu'au jour où Marie Martin, redoutant sans doute une dénonciation, vint elle-même les lui restituer.

Ainsi celle de Jérôme Barjette :

— Je suis descendu chez les époux Martin il y a quatre ans ou quatre ans et demi. J'ai couché à l'auberge, et quand je suis reparti, j'ai constaté qu'il me manquait soixante francs. Une somme, monsieur le président !

Ainsi celle des marchands de bestiaux originaires d'une modeste localité du Gard, Bagnols : deux solides maquignons qui parcouraient la montagne en « jardinière », petite voiture à deux roues, en compagnie d'un domestique, au cœur de l'été. Une histoire digne de nos modernes westerns.

Les trois voyageurs mirent pied à terre dans la cour de l'auberge et enlevèrent de l'arrière de la voiture un coffre de cuir, de forme cylindrique, long d'un mètre environ, qui avait la particularité de comporter un système de fermeture complexe : il était ceint d'une chaîne passée dans des boucles de cuivre et fermée par un énorme cadenas. Un véritable coffre au trésor.

Le domestique des maquignons fut commis, comme d'ordinaire, à la garde du précieux dépôt, tandis que ses maîtres se restauraient. Il s'était assis dessus pour manger, dans un coin de la cheminée.

— Donnez-moi ce coffre, dit la mère Martin. Je vais vous le mettre en lieu sûr et vous le retrouverez demain.

Le domestique secoua la tête. Il n'était pas bavard. Avec cela, méfiant comme un gabelou. Tout le temps que dura le repas (et les deux marchands lui firent honneur), il resta assis sur le coffre, surveillant les allées et venues des aubergistes et de leurs clients. Aussi jovial qu'une louve gardant ses petits.

L'heure venue de se coucher, le domestique suivit ses maîtres, la lourde caisse de bois en équilibre sur son épaule. Il s'en servit comme d'un oreiller et la nuit se passa sans histoire.

A l'aube, les trois voyageurs descendirent dans la salle commune et déjeunèrent copieusement.

L'un d'eux dit à Pierre Martin :

— Nous devons nous rendre dans un village proche de Coucouron pour y prendre du bétail que nous devons ensuite conduire au Puy. Mais les chemins sont si mauvais dans ce pays que nous irons à pied par les traverses. Nous laisserons ici notre domestique et la voiture. Avec le coffre, bien entendu. Le domestique partira dans l'après-midi pour nous rejoindre sur la route du Puy. Traitez-le bien au déjeuner et ne vous formalisez pas de ses mines. Il a l'air d'un chien féroce mais il est doux comme un agneau. Sauf, bien entendu, si on veut lui chercher des poux. Mais vous êtes de braves gens !

Ils s'en furent après avoir vidé un verre de gnôle « pour tuer les vers ».

Resté seul, le domestique ne tarda pas à se rendre compte qu'on lui vouait une attention suspecte. Il traîna le coffre près de la porte, en face de la cheminée, contre un grand placard tout fleuri de frustes ciselures. Il sortit son couteau, mangea lentement son quignon frotté d'ail en promenant autour de lui des regards soupçonneux.

— Tu t'appelles comment ? demanda la mère Martin.

— ...

— Tu viens de quel endroit ?

— ...

— Toi, au moins, tu n'es pas bavard. Est-ce que tu te méfierais de nous, par hasard ? Tu as entendu ce qu'ont dit tes maîtres : nous sommes de braves gens. Ce qui est bon pour le maître l'est aussi pour le valet, non ?

Le domestique but quelques rasades de piquette à même la bouteille qu'il tenait entre ses jambes.

— Tu n'en tireras rien, dit le père Martin. D'ailleurs, regarde !

Il montrait la cour où un marchand d'almanachs, accompagné de deux vagabonds, venait de descendre de sa mule.

Deux heures passèrent. Des gens entraient, sortaient sans que le domestique bouge de place, repliant simplement ses longues jambes lorsqu'un client passait près de lui ou lorsque la patronne le rabrouait. Lorsqu'elle vit le simple d'esprit se lever, jeter le coffre sur ses épaules avec autant d'aisance que s'il se fût agi de sa vareuse, la mère Martin ne put s'empêcher de l'interpeller :

— Eh ! bonhomme... Tes maîtres souhaitent que tu déjeunes ici. Tu as peur que je t'empoisonne, peut-être ?

Le domestique se retourna à peine. Il cracha sur le seuil et traversa la cour sans un mot pour se rendre à l'écurie.

— En voilà un, dit le marchand d'almanachs avec un regard vers Marie Martin, qui a appris à se taire. C'est une vertu qui se fait rare. Mais qu'est-ce qu'il peut bien transporter dans ce coffre de pirate ? Les diamants du sultan de Constantinople, peut-être ?

— Mêle-toi de tes affaires ! répliqua la mère Martin. Maudit bavard toi-même ! Tu payes et tu t'en vas avec tes acolytes. Allez, ouste ! J'attends du monde pour déjeuner et j'ai autre chose à faire qu'à écouter tes sornettes.

Le marchand jeta une piécette sur la table, proposa ses almanachs que la mère Martin refusa, car personne, hormis ses filles et son gendre, ne savait lire dans la maison. Il observa, avant de se retirer, que Martin et Rochette décrochaient chacun un fusil sur le manteau de la cheminée.

— Vous allez à la chasse à cette heure ? dit-il.

— Nous allons tuer le temps, répondit Martin.

Ils n'étaient pas partis depuis un quart d'heure que, le cheval pansé, la jardinière attelée, la voiture nettoyée de frais à grande eau, le coffre au trésor bien calé derrière, la petite voiture quittait la cour de l'auberge dans un cinglon de fouet et un tintement de grelots.

— Hue! Diane... dit le domestique.

Ce sont les seuls mots que la mère Martin ait entendu proférer par ce rustaud. Elle avait au moins une certitude : il n'était pas muet.

Le domestique lança sa jument au galop pour s'éloigner le plus vite possible de cet endroit et de ces gens trop curieux. Au bout de quelques centaines de mètres, il mit l'animal au trot, puis au pas. La matinée était belle, encore un peu fraîche. Et il avait largement le temps de se trouver au rendez-vous.

Il avait parcouru moins d'un kilomètre quand il aperçut sur sa droite, comme jaillissant d'une tourbière, deux chasseurs qui lui faisaient signe de s'arrêter. Il n'eut pas de peine à reconnaître le maître de Peyrebeille et le « nègre », Jean Rochette, cette brute qui, la veille au soir, n'arrêtait pas de tourner autour de lui. Pressentant un danger, il fit claquer sa langue, péter la mèche de son fouet, et la « jardinière » s'enleva littéralement dans un train d'enfer. Derrière lui, des voix lui criaient de s'arrêter, il y eut ensuite deux détonations et le sifflement de chevrotines à son oreille. Puis plus rien que le grondement de la carriole qui arrachait des cailloux à la chaussée et soulevait un tourbillon de poussière.

Quand il fut sûr d'être hors de portée des malandrins, le domestique arrêta la jument. Il la mit au pas et repartit en sifflotant vers le rendez-vous fixé par ses maîtres.

Il faisait beau et rien ne pressait.

Détail intéressant :

Cette fois-ci, c'est en plein jour qu'avait eu lieu l'événement, et le témoin avait bien reconnu ses agresseurs. Cependant, le juge d'instruction chargé de l'information dans l'affaire de Peyrebeille ne retint pas ce témoignage dans l'acte d'accusation qui n'en fait aucune mention, nulle preuve d'identité n'ayant été fournie par les deux maquignons, et moins encore par le domestique.

Qui était donc ce bouledogue et ces curieux marchands ? Pourquoi ne jugèrent-ils pas nécessaire de retourner sur leurs pas, d'allonger leur itinéraire de quelques kilomètres pour venir en découdre avec les brigands ? Mystère...

Un personnage exempt de mystère, en revanche, c'est le nommé Cellier, voiturier de son état. La même aventure, à peu de chose près, lui advint à Peyrebeille. Mais, lui, il y laissa des plumes.

C'était en 1830. La révolution flambait dans Paris et les Trois Glorieuses bouleversaient le monde. Cellier, voiturier sans malice, voyageait entre Le Puy et Aubenas, collectant pour le compte de son maître des sommes d'argent qu'il plaçait dans le caisson de sa voiture, dûment cadenassé. Comme il le faisait à chaque endroit où il s'arrêtait, le brave homme, après avoir dételé et soigné lui-même sa monture, emportait avec lui la bourse contenant le montant de la collecte.

Le soir où il s'arrêta à Peyrebeille dans l'intention d'y passer la nuit, la bourse était particulièrement volumineuse : elle contenait six cents francs en écus et en pièces d'or. Soit que la somme lui parût trop importante pour la garder sur lui, soit que les lieux ne lui parussent pas accueillants, il se retira dans un coin de la grange de l'auberge, défit les cordons de la bourse, compta l'argent pièce à pièce, le replaça et renoua les cordons avec des nœuds de sa façon avant de se rendre dans la salle commune.

Marie Martin était seule quand Cellier entra dans l'auberge. Il salua poliment, posa la bourse sur la table sans plus de façons. L'aubergiste en eut le hoquet.

— Qu'est-ce que c'est que ça ?

— Vous le voyez bien : une bourse. Et bien pleine ! Pouvez-vous me la mettre à l'abri ? J'ai l'intention de coucher ici cette nuit.

— Vous plaisantez ? N'êtes-vous pas au courant des nouvelles ?

C'était une triste année. On croyait en avoir fini avec les bandits ; ils reparaissaient en force. On ne parlait que de l'attaque du courrier postal de Mayres à Aubenas, de la mort mystérieuse d'un nommé Joseph Brun dont on avait découvert le corps au pied d'une falaise, au bord d'un cours d'eau, du pillage de la perception de Valgorge par une bande armée, de la terrible épidémie de choléra qui sévissait dans le Midi...

— C'est bien pour cela, dit en riant Cellier. Mon argent sera plus en sécurité dans votre armoire que sous mon oreiller.

— Vous en avez de bonnes ! Pour moi, c'est une responsabilité. Enfin... vous n'avez pas l'air d'un mauvais bougre et je ne veux pas vous refuser ce service. Mais je ne puis répondre de ce dépôt sur mon honneur. Avec toutes ces mauvaises gens qui courent le pays, il faudrait une cachette plus sûre...

— Pour ça, je vous fais confiance ! Allons ! prenez ma bourse. Ainsi je dormirai tranquille.

— Comme vous voudrez... soupira Marie Martin.

Elle ouvrit le placard où elle rangeait son argent, y plaça la bourse, le referma, mit la clef dans sa poche.

— Personne ne viendra la chercher là, dit-elle avec un clin d'œil.

La nuit fut des plus calmes et Cellier dormit du sommeil des simples. Le lendemain, le moment venu de partir, il réclama son dépôt. Marie Martin retira la clef de sa poche, ouvrit le placard et montra la bourse qui était à la même place que la veille.

— Personne n'y a touché, dit-elle.

— Grand merci ! dit Cellier. Je n'aurais pas si bien dormi avec ces six cents francs sous mon oreiller.

Il plaça la bourse dans le caisson de sa voiture, referma le cadenas, salua la patronne plantée sur le devant de sa porte et partit au petit trot. Parvenu à quelques lieues de Peyrebeille, il s'arrêta pour se désaltérer et casser la croûte sur le bord du chemin. En ouvrant le caisson, son regard tomba de nouveau sur la bourse.

En prêtant plus d'attention aux nœuds du cordon, il ne reconnut pas son tour de main. La sueur au front, il défit fébrilement le cordon, compta l'argent, s'y reprit à deux fois tant il était bouleversé, et dut s'asseoir sur le talus car il sentait ses jambes se dérober sous lui.

Pas d'erreur possible : il manquait cent francs!

Atterré, Cellier se dit que retourner à Peyrebeille pour exiger le remboursement de cette somme lui ferait perdre un temps précieux. Il se demanda surtout comment il pourrait tourner sa démarche et comment la mère Martin prendrait la chose. Quant à revenir chez son maître avec ce trou dans le montant de la collecte, cette seule perspective l'affolait.

Deux marchands de bestiaux qui se rendaient à Largentière vinrent à passer. Ils s'arrêtèrent en apercevant Cellier assis sur le bord de la route, l'interrogèrent et le voiturier raconta son aventure avec des larmes dans la voix.

— Vous paraissez être un brave homme, dit l'un des marchands. Je vais garder votre voiture pendant que vous retournerez à Peyrebeille avec mon collègue. A vous deux vous aurez plus d'aplomb pour affronter cette mégère. Allez, et bonne chance!

Lorsque la mère Martin vit réapparaître ce benêt de Cellier, accompagné du marchand, elle se renfrogna subitement.

— Vous avez oublié quelque chose? dit-elle.

— C'est à vous que j'en ai, répondit Cellier auquel la présence du marchand donnait de l'assurance. Vous avez oublié de me rendre l'argent que vous avez emprunté cette nuit à ma bourse.

— Vous voulez rire?

— Je n'en ai guère envie. Il manque cent francs tout rond.

Marie Martin avait blêmi. Accrochée au rebord de la table, elle faisait des efforts pour garder bonne contenance.

— Ne vous troublez donc pas, la mère, dit le marchand, bonasse. Si vous rendez son argent à ce brave homme, il ne vous tiendra pas trop rigueur de votre étourderie...

— Je n'ai pas touché à cette bourse ! s'écria la mère Martin. Vous m'accusez à tort. D'ailleurs, je n'ai rien demandé à Cellier. C'est lui, au contraire, qui m'a supplié de ranger son argent dans mon placard. Je l'avais prévenu que le pays est plein de mauvaises gens mais il n'a pas voulu m'écouter. Et maintenant...

— Regardez ! protesta Cellier, hors de lui. J'avais disposé les nœuds comme ceci, et je les ai retrouvés ce matin comme cela. Vous allez me rendre mon argent immédiatement, sinon...

— Sinon quoi ? dit une voix menaçante dans son dos.

Les deux hommes se retournèrent. Pierre Martin se tenait sur le seuil, accompagné de Jean Rochette. Tous deux avaient des mines sombres.

— J'ai tout entendu, dit Martin. Vous allez laisser ma femme en paix. Elle n'est pas coupable de ce dont vous l'accusez. Vous allez déguerpir sur-le-champ, ou alors, gare à vous.

Il fit un geste significatif avec la hache qu'il portait sur l'épaule, tandis que Rochette sortait lentement de sa poche son couteau à virolle. Martin montra du menton la direction de la porte.

— Voilà qui vous coûtera cher, dit Cellier. Non seulement vous devrez rendre cette somme, mais encore...

— Que veux-tu dire ? s'exclama Rochette. Tu vas prévenir les gendarmes, hein ? Parle !

De sa main libre, il avait saisi au cou Cellier et le secouait furieusement. La main qui tenait le couteau prit son élan pour frapper. Martin l'arrêta au vol.

— Laisse donc ! dit-il. Il ne parlera pas. Ce n'est pas son intérêt. Pas plus que celui-là qui s'est mis dans une bien vilaine passe. Si vous parlez, on vous retrouvera !

Il leur fit signe impérativement de filer.

— Vous avez de la chance qu'il soit si tôt et que quelqu'un attende votre retour.

Sur ces propos lourds de menace, il fit un geste en direction de la cour et les deux hommes se retirèrent sans demander leur reste.

Martin referma la porte.

— Ne crains rien, femme, dit-il. Ils ne parleront pas.

***

— ... et vous avez parlé ! dit le président, baron Fornier de Clausonne. Vous avez raconté cette histoire autour de vous. A vos parents, à vos amis. Mais, bien entendu, l'idée ne vous serait pas venue d'aller vous confier à la justice ?

— C'est bien ça, monsieur le président, reconnut Cellier.

— Que s'est-il passé ensuite ? Je veux dire après que l'on eut arrêté Pierre Martin ?

— Voilà, monsieur le président, comment les choses se sont passées...

Le brave voiturier avait depuis belle lurette cessé de porter le deuil de ses cent francs, quand, un beau jour, il vit réapparaître la mère Martin. Endimanchée. Toute timide. Toute benoîte. Rayonnante aussi d'être parvenue, après de longues et minutieuses recherches, à mettre la main sur ce témoin gênant.

— Elle me demanda si je me souvenais d'elle. Comme si j'avais pu l'oublier ! Puis elle me proposa de me restituer les cent francs qu'elle m'avait volés. Mais j'avais gardé un si terrible souvenir de mon passage à Peyrebeille que je lui répondis que je me moquais de ces cent francs et que j'en donnerais plutôt cent autres de ma poche pour leur voir trancher la tête, à elle et à sa famille !

Maître Dousson lève son bras unique en guise de protestation.

— Vous anticipez sur le jugement ! Votre témoignage ne prouve nullement la culpabilité de ma cliente. Elle a agi dans un désir d'apaisement...

Une huée parcourt l'assistance comme une bourrasque. Le procureur Aymard écarte les bras, déclare que la démarche de la mère Martin lui semble suffisamment explicite.

— Permettez-moi de vous rappeler les termes de l'acte d'accusation : « Article 6 : Marie Breysse, femme Martin, accusée du vol d'un objet confié à sa garde en qualité d'aubergiste, commis il y a environ trois ans, au préjudice du sieur Cellier. » Et si c'était, messieurs les jurés, le seul chef d'accusation contre l'accusée !

Cellier est soudain comme possédé. Il se cramponne à la barre, hurle :

— Elle est coupable ! monsieur le président. Ce sera le plus beau jour de ma vie lorsque je verrai sa tête rouler sur l'échafaud.

Maître Dousson explose à son tour, rouge d'indignation :

— Monsieur le président, de telles déclarations sont inadmissibles. Je vous rappelle qu'il s'agit du vol présumé d'une somme de cent francs. Est-ce suffisant pour trancher la tête d'une femme ?

De nouveau, la vague des huées déferle sur la cour. Des manchettes s'envolent au banc des avocats qui joignent leurs protestations à celles du « Manchot ». Le président rétablit péniblement le silence et l'on entend la voix calme, dure, froide de Marie Martin qui proclame :

— J'affirme que je suis innocente du vol dont on m'accuse.

Puis, de nouveau, elle baisse la tête et retombe dans sa prostration. Son visage livide, aux yeux cernés de violet, tranche sur ses vêtements sombres. Il semble que, brusquement, elle ait épuisé sa réserve de colère et de haine. Tous les prévenus, d'ailleurs, paraissent accablés par la déposition de Cellier.

Le silence retombe lourdement sur le prétoire et dans la salle. Une grosse mouche tourne autour du procureur du roi qui l'éloigne d'un geste d'agacement. La chaleur est insoutenable. Marie laisse retomber la tête sur ses bras repliés contre la bordure de bois. Dormir. Dormir. Dormir. Même au plein de l'été, quand les « rayols », les gens des pays d'en bas, ne parvenaient pas à trouver le sommeil dans l'étuve de la nuit, l'ombre, sur le plateau, était fraîche, pleine de parfums d'herbe et d'haleines de vent d'Auvergne. A Peyrebeille, fenêtres ouvertes, on respirait la steppe en écoutant chanter les grillons.

Peyrebeille où elle devine qu'elle ne reviendra plus.

Jamais plus.

6.

LA LAME NUE

L'interminable instruction avait fait remonter du fond des années de vieilles histoires un peu gommées par le temps, racontées d'une voix souvent hésitante par des témoins qui se contredisaient ou prenaient à leur compte toutes sortes de ragots. Au lieu de se dissiper, le cauchemar s'épaississait et les faits les plus anodins en apparence prenaient un air de mystère et de machinations diaboliques.

Chaque jour on voyait surgir de l'auberge de la mort, comme des coulisses et des magasins d'accessoires d'un théâtre, de nouveaux cadavres, pour la plupart des morts sans visage, parfois sans identité. Une soixantaine de disparitions mystérieuses étaient attribuées à la famille Martin et à Rochette. Les amours de Marie Martin et du domestique, le dévergondage des filles qui s'offraient dans la fenière contre un écu aux muletiers et aux voituriers, quand ce n'était pas aux maquignons, donnaient un prolongement scandaleux à cette affaire criminelle ; quand on l'évoquait, on faisait en sorte d'éloigner les enfants. Ces filles Martin : des possédées du démon! Si Vincent Boyer n'avait rien dit à la justice de sa nuit à Peyrebeille avant le procès, c'est qu'il n'avait pas osé révéler que, pendant qu'on assassinait M. Jean, il se donnait du bon temps avec Marguerite!

Les protagonistes du drame aux multiples facettes qui avait eu Peyrebeille pour théâtre prenaient, jour après jour, une dimension nouvelle.

Pierre Martin, c'était, avant la lettre, le docteur Jekyll perçant sous Mr. Hyde, l'exemple vivant d'une substitution de personnalité qui suscitait des interrogations angoissées. Quel était le véritable Pierre Martin? Etait-ce le paysan parvenu, le patriarche aux cheveux blancs, le sinistre gredin échappé des geôles de la Révolution, qui avait amassé une fortune en accumulant crimes et brigandages? Les deux personnages étaient si parfaitement imbriqués l'un dans l'autre, si indissociables en apparence que le plus perspicace s'y serait trompé et que maître Croze lui-même s'interrogeait sur la véritable personnalité de son client.

Au cours de l'audience, certains témoins venaient chanter les vertus, l'honnêteté irréprochable des gens de Peyrebeille; le plus souvent, les témoins retrouvaient dans leur souvenir de vieilles rancunes, des griefs fondés ou controuvés, des accès de jalousie qui avaient tourné au vinaigre dans le fond des mémoires.

***

Une déposition entre autres fit sensation : celle de maître Serpolet, notaire commis par la cour pour aller à Peyrebeille, durant la session, dresser un constat des lieux.

C'est d'une voix encore contractée par l'émotion que le tabellion trop sensible donna lecture de son rapport à la barre :

« *Nommé par la cour d'assises pour aller explorer le théâtre des crimes de Martin et de ses complices, je me transportai à Peyrebeille, lieu de leur habitation.*

Un frisson s'empara de tous mes membres quand j'aperçus, au milieu d'une plaine sans fin dominant presque toutes les montagnes de l'Ardèche, l'habitation des époux Martin.

Ce fut pis quand j'entrai dans leur auberge et dans la maison qu'ils avaient à côté. Chaque coin, chaque place me paraissaient avoir été le témoin d'un meurtre.

Quelle horreur n'éprouvai-je pas en voyant cette table à laquelle venaient se placer les trop confiants voyageurs et d'où ils ne sortaient, ou plutôt n'étaient enlevés, qu'après avoir été ébouillantés et massacrés ; cette cheminée, dis-je, où l'un des témoins crut reconnaître dans une marmite les membres encore palpitants d'un être humain !

Dans cette auberge, dans cette maison, chaque pas conduit au lieu d'un assassinat : ici c'est la chambre où le voyageur abandonné au sommeil ne peut plus se réveiller ; ailleurs c'est le puits profond et secret où plus d'un malheureux est venu se précipiter ; plus loin, c'est le caveau où Anjolras a, pendant quarante-huit heures, lutté, hélas ! sans espoir, contre les angoisses d'une mort cruelle et inévitable.

Tout, enfin, dans ce repaire, respire le crime, l'horreur et l'effroi. Telles sont les impressions qui me sont restées de mon voyage. »

Dans les heures et les jours qui suivirent, le théâtre de l'horreur allait ouvrir tout grand ses rideaux sur la scène de Peyrebeille. Au total, cent neuf témoins dont quatre-vingt-douze cités par le ministère public et dix-sept seulement par la défense ! Les témoins à charge se succédaient à la barre pour dévider l'horrible litanie des nuits rouges de Peyrebeille.

Tous ou presque gens sensés, honnêtes, sincères.

Ou qui le paraissaient.

***

A ce que vint raconter un « honorable ecclésiastique », les gens de Peyrebeille n'étouffaient pas de respect pour le clergé. Le brave homme de prêtre en savait quelque chose !

A l'époque où se situe son aventure, il était séminariste à Langogne, en Lozère. Alors qu'il revenait de vacances à Aubenas, il passa, accompagné d'un de ses condisciples, par le hameau de Peyrebeille, au début d'octobre. L'étape avait été assez longue et le jour commençait à fraîchir lorsqu'ils arrivèrent en vue des premières maisons.

Les deux voyageurs s'arrêtèrent à l'auberge pour s'y détendre, dans l'intention d'y passer la nuit si l'envie les en prenait. Ils s'y seraient sûrement résolus si, à peine arrivés dans cet antre sinistre perdu dans l'espace vierge du plateau, avec simplement, autour mais à quelque distance, des bâtisses qui paraissaient désertes ou abandonnées, les trois occupants de la salle commune, les deux aubergistes et leur domestique, ne s'étaient mis en demeure de les circonvenir avec des précautions d'araignée tournant autour d'une mouche prise à la toile.

— Restez donc... Vous serez bien traités... Regardez : nous avons là des perdrix, du pain tendre, du bon vin... Si vous voulez dormir, nous avons des chambres avec les meilleurs lits de toute la région... Allons, laissez-vous tenter...

Suivait le sempiternel refrain qui ne manquait pas son effet et mettait des frissons dans le dos des clients :

— ... et puis, par les temps qui courent, les chemins sont pleins de vilaines gens, égorgeurs et coupeurs de bourses. Restez donc chez nous si vous ne voulez pas risquer d'avoir à rejoindre trop tôt le Père éternel.

Ils firent tant et si bien, les aubergistes de Peyrebeille, que les deux séminaristes ne tardèrent pas à comprendre qu'on en voulait à leur bourse, si plate fût-elle, et peut-être à leur vie. Et puis, ils n'aimaient guère ce couteau que le domestique avait extrait de sa poche et avec lequel, d'un air sombre, il se curait les ongles.

Ils réglèrent la dépense sous les sarcasmes des aubergistes, sortirent de la tanière et, une fois sur le chemin, retroussant d'une main leur soutane et maintenant de l'autre leur chapeau, ils se mirent à courir sur le chemin déjà baigné par la nuit, aussi longtemps que le souffle ne leur fit pas défaut.

***

C'est au temps du ramassage des pommes de terre que Jean Testud s'en vint à Peyrebeille, chez les Martin. C'était un journalier originaire de Banne, qui n'avait pas inventé le moulin à poivre mais qui ne rechignait pas devant la besogne. Pierre Martin avait loué ses services pour le temps de la récolte. Un rude travail avec ces premières pluies, cette terre grasse qui collait à l'outil, ce vent qui vous glaçait les reins... Mais Jean Testud venait de bon cœur, malgré tout, travailler chez les Martin : on était bien nourri et, quand on faisait un brin de sieste dans la fenière, parfois l'une des filles venait vous tenir compagnie.

Bref, Jean Testud se trouvait un jour dans la cave des Martin pour y préparer l'emplacement où l'on rangerait les pommes de terre. Il était occupé à dégager le fond de la cave, qui était fort obscure, quand un coup de vent souffla la chandelle piquée sur le bord d'un cuveau de bois garni de son.

A tâtons, le journalier parvint jusqu'au lumignon qui trahissait sa présence par un point d'ignition. Au moment de saisir la chandelle pour la rallumer, il la renversa dans le cuveau. Fouillant dans le son pour la retrouver, il sursauta : sa main venait de rencontrer un corps froid et solide. Il crut d'abord qu'il s'agissait d'un manche d'outil oublié là, mais, en remontant, il constata que ce manche-là était pourvu de doigts raides et glacés.

Il s'accrocha au bord du cuveau pour ne pas tomber à la renverse, bredouillant les premières syllabes du mot qui ne parvenait pas à sortir de ses lèvres :

— Un cada... J'ai trouvé un cadavre!

Plus mort que vif, abandonnant son travail et la recherche de la chandelle, il se laissa couler à terre en se demandant si tout ce qu'on racontait des Martin n'était pas vrai. Pâle comme un mort, il remonta dans la salle commune en titubant, se fit servir un verre de gnôle par Marguerite, et partit en courant. On ne le revit jamais.

***

Autrement atroce est l'affaire contée par un nommé Bisac, paysan originaire du village de Mèzerac, dans la commune de Mazan. Ce Bisac-là, que l'on connaît uniquement par son surnom, n'était guère plus futé que le journalier Testud. Un simple, ou peu s'en faut.

Une nuit, trompé par la pleine lune, Bisac se réveilla, croyant l'aube venue. Il s'habilla, prit son bâton ferré après avoir avalé sa soupe, et partit d'un bon pas en direction du hameau de Peyrebeille, distant de Mèzerac de trois ou quatre heures de route. Comme il ne possédait pas de pendule et encore moins de montre, il marcha un bon bout de temps sans se rendre compte de rien. Ce n'est qu'une fois parvenu en vue de Lanarce qu'il comprit sa méprise : il faisait encore nuit et le jour ne paraissait pas près de se lever. Bisac quitta les « paradous », ces chemins creux qui sinuent sous les couverts de la forêt, pour attaquer la route du Puy, riant sous cape à la pensée de réveiller les

Martin bien avant l'aube. Il voyait déjà leur tête quand il leur dirait, un fin sourire aux lèvres :

— Tu te souviens de cette avoine que je t'ai livrée il y a quelques mois, Martin. Tu ne me l'as pas encore payée et j'ai besoin de cet argent. Alors, me voilà...

Les Martin avaient mis une bonne minute à ouvrir et Bisac avait dû heurter du pommeau de sa canne à plusieurs reprises en donnant même de la voix. Pourtant les Martin étaient réveillés ; il avait aperçu de la lumière dès son arrivée dans la cour de l'auberge.

La porte s'ouvrit enfin, lentement, sur le visage renfrogné de la mère Martin. Derrière elle, se tenait le père Martin. Chose curieuse, ils étaient tout habillés.

— C'est à cette heure de la nuit que tu as le toupet de venir me réclamer ton dû ! s'exclama le maître de Peyrebeille. Sais-tu qu'il est trois heures du matin ?

Le benêt bredouilla dans ses moustaches :

— C'est la lune... Elle m'a trompé... Je me suis levé alors que le coq chantait.

— C'est bon ! maugréa Martin. Tu peux entrer. Nous avons encore du feu. Tu te chaufferas un peu, je te donnerai ton argent, et tu reviendras te coucher.

— Vous êtes bien bon, dit Bisac.

A peine avait-il pénétré dans la salle commune de l'auberge que plusieurs choses lui parurent singulières. Cette odeur d'abord, indéfinissable, écœurante, qui imprégnait l'air ; ce grand feu ensuite, au-dessus duquel bouillait le contenu d'une énorme marmite d'où s'échappait une écume grisâtre; ensuite et surtout le fait que les deux aubergistes fussent debout à cette heure, tout habillés, au point que Bisac le simple se demanda si, eux aussi, n'avaient pas été trompés par la lune et par le chant du coq.

— C'est bien de bonne heure, murmura-t-il, pour préparer la pâtée des cochons.

Personne ne releva cette pertinente réflexion. Bisac s'approcha du feu. La nuit était fraîche et, malgré l'animation de la marche, il grelottait sous sa blouse. Le feu lui fit du bien, mais cette odeur qui s'échappait de la marmite lui soulevait l'estomac. Il allait ouvrir la bouche pour s'enquérir de ce qu'on pouvait bien faire cuire qui dégageât une odeur aussi écœurante, mais il se retint : Bisac était un simple, soit, mais avec cette prudence innée des paysans qui savent tenir leur langue, au risque de passer pour des sots, lorsque rien n'impose de parler.

— Bisac, dit Martin, tu n'as pas dû rencontrer grand monde sur la route à l'heure qu'il est. Personne ne doit savoir que tu es venu à Peyrebeille ?

Le paysan de Mèzerac sentit un frisson naître à la racine de ses cheveux. Sans se retourner, il répondit par un petit mensonge :

— Si bien... J'ai parlé de ma visite à des voisins, hier soir. Je leur ai même demandé de soigner mes bêtes.

— Bien... Bien... fit Martin en se grattant la barbe. Je vais donc te compter ton argent.

Au « clap » que fit en retombant le couvercle de la marmite, Bisac sursauta. Une bouffée de vapeur pestilentielle et une giclée d'écume grisâtre s'échappèrent du récipient sous lequel la mère Martin entretenait un feu d'enfer.

— Eh ! dit-il, ça commence à bouillir.

Pendant que le maître de Peyrebeille cherchait dans un placard l'argent qu'il devait au paysan, la mère Martin décrocha au râtelier une grosse louche de bois, souleva le couvercle, plongea la louche dans la marmite et, avec une feinte maladresse, en versa le contenu sur les sabots de Bisac qui sursauta, autant sous l'effet de la brûlure que de ce qu'il venait d'entrevoir : une main humaine tournoyant dans les remous du bouillon, mêlée à des débris innommables.

Bisac ferma les yeux, en proie au vertige, et se cramponna au manteau de la cheminée. La voix de Martin, qui se tenait juste derrière lui, le glaça :

— Eh ! l'homme, qu'est-ce qui t'arrive ?

— Là ! bredouilla Bisac, dans cette... dans cette marmite, je viens de voir...

Bisac se dit qu'il était peut-être en train de faire un mauvais rêve et se croyait transporté en enfer, avec le diable devant lui, et sa diablesse en train de ricaner sous son bonnet. Il se frotta les yeux, tendit la main vers le foyer. Non : il ne rêvait pas. Il n'était pas en enfer mais chez ces Martin de Peyrebeille sur lesquels on contait les pires histoires que lui, Bisac, n'avait jamais prises au sérieux. Et voilà que cette nuit, soudain... Il s'épongea le front du revers de sa manche. Il ne se sentait pas bien, tout d'un coup.

Comme dans un rêve, il entendit la voix de Martin :

— Bisac, quoi que tu aies pu voir ce soir, prends bien garde de ne pas aller le raconter. Tu m'entends ? Un mot sur notre rencontre et tu es un homme mort. D'accord ?

— D'accord, répondit Bisac d'une voix blanche. Mais je boirais bien un verre de gnôle avant de repartir.

La mère Martin le servit largement. Bisac vida le gobelet sans sourciller, prit sa canne, ramassa le rouleau de pièces que Martin avait posé sur la table et le mit dans sa poche sans compter.

Il faisait encore nuit lorsque Bisac le simple reprit la route par laquelle il était venu. Il s'arrêta à plusieurs reprises pour laisser reposer son cœur qui se remettait à cogner chaque fois qu'il revoyait la main humaine toute boudinée, tournoyant, coupée au ras du poignet, dans les remous du bouillon d'ogre. Chaque fois aussi qu'il réentendait la voix de Martin et ses menaces.

Bien qu'il fût grand jour, il se coucha en arrivant. Il n'avait pas adressé un bonjour aux voisins qu'il avait croisés en route, près de Mèzerac. Inquiets de le voir comme ivre, ils se portèrent aux nouvelles.

Le simple était étendu tout habillé sur son grabat, le regard fixe. Comme absent. Ils eurent toutes les peines du monde à le remettre sur pied et se dirent que le malheureux avait dû abuser de la gnôle en passant par Lanarce. De cette gnôle que l'on prend le matin, dans le pays, « pour tuer le ver ».

Et pour oublier sa misère.

***

Ce qui lui est arrivé quelques années plus tard, Jean-Baptiste Bourtoul, gros fermier des parages de Saint-Alban-en-Montagne, vient lui-même le raconter à la barre en soufflant un peu : c'est un de ces gros maquignons rougeauds, amateurs de bon vin et de bonne chère. Il s'éponge souvent avec son mouchoir à carreaux, grand comme une serviette de table, qu'il passe lentement sur sa nuque épaisse et rouge.

— C'était dans le courant de l'année 1830. Le 1er septembre exactement. Je m'en souviens parfaitement parce que c'était jour de foire à Langogne et que je ne manque jamais de m'y trouver. On y fait en général de bonnes affaires. C'était le cas pour moi ce jour-là.

Les Martin, Pierre et son neveu André, ainsi que l'inévitable Rochette s'y trouvaient aussi. La rencontre avec Bourtoul se fit par hasard, dans le tumulte des marchands ambulants, des arracheurs de dents, des vendeurs de tisanes et d'orviétan, des chanteurs de complaintes et de tous ces forains installés en marge du pré pelé servant de foirail. Bourtoul était radieux : il venait de se rendre acquéreur d'un lot d'une trentaine de moutons. Une « pache » magistrale, comme on dit dans le pays. Il était sur le point, le marché conclu, de régler le montant de la transaction lorsqu'une main se posa sur son épaule. Il se retourna et reconnut le père Martin.

— Je suis bien aise de te rencontrer, dit avec sa grosse jovialité le maître de Peyrebeille.

— Moi de même, répondit poliment Bourtoul.

— Je serais content de bavarder quelques minutes avec toi, poursuivit Martin. Suis-nous. On va boire une pinte.

— D'accord ! dit Bourtoul, mais dans un petit moment. Je dois régler le montant de ma « pache » à ce brave homme. Après, je te rejoindrai où tu voudras.

— C'est tout près : à l'auberge de la Foresteyre. Mais viens tout de suite. Nous aurons le temps de causer. Ton vendeur peut bien attendre.

— C'est que...

— Suis-nous ! dit impérativement Martin.

Bourtoul replaça en maugréant son gros porte-monnaie dans sa poche. Il pria le vendeur – un éleveur de La Ribeyre – de prendre soin des moutons en attendant son retour. Puis il accompagna le trio à travers le tumulte et les odeurs puissantes de la foire, vers l'auberge indiquée par Martin. Le maquignon se demandait ce que ces trois individus, qu'il connaissait à peine, pouvaient bien lui vouloir. Mais il se dit qu'après tout, s'il y gagnait une pinte et un casse-croûte...

Les trois de Peyrebeille mirent tant de prévenance, de bonne grâce, de délicatesse à traiter Bourtoul, lui flattant l'épaule, lui contant de grasses histoires de rouliers et les derniers ragots du haut pays, évoquant des souvenirs qui n'avaient guère laissé de traces dans la mémoire du maquignon, lui versant verre sur verre, que le brave homme, un peu gris, finit par s'épanouir.

— Et maintenant, dit Martin, que penserais-tu d'une partie de cartes ?

Bourtoul haussa les épaules. Les cartes... Beuh... Il n'était pas fin joueur.

— Mon vendeur de moutons m'attend, dit-il.

— Il a bien le temps, et toi aussi, dit Martin. Suis-nous. Je connais une petite salle, au premier étage, où personne ne viendra nous déranger.

Bourtoul acquiesça. Personne, au rez-de-chaussée, ne parut remarquer leur départ, sauf peut-être ce vagabond, coiffé d'un vieux chapeau verdi et barbu comme un prophète, qui grignotait un croûton sous la cage d'escalier.

Il se passa une bonne demi-heure avant que Bourtoul, pourtant habitué aux fréquentations d'auberges, comprît qu'on essayait de le rouler. Il avait déjà perdu une assez belle somme et se demandait si les trois gaillards n'avaient pas triché.

Il se leva et dit d'une voix molle :

— Il se fait tard, mon vendeur de La Ribeyre doit commencer à s'impatienter.

Pierre Martin le prit par le bras et le força à se rasseoir. Que diable! L'après-midi était à peine commencé. Quant aux moutons, ils étaient en bonnes mains.

— Si ça continue, dit Bourtoul en se levant de nouveau, je n'aurai plus de quoi payer mes moutons. Vous m'avez déjà fait perdre beaucoup trop d'argent.

Rochette se leva à son tour et se campa devant lui comme pour lui barrer la route.

— Crois-tu que nous t'ayons amené ici pour le plaisir de te raconter des histoires et de regarder ta trogne de maquignon?

Bourtoul sursauta.

— C'est à ma bourse que vous en voulez, misérables !

— Tu comprends lentement, dit Rochette. Tu as sept cents francs dans ton porte-monnaie. Tu vas nous les donner. Vite et sans faire d'histoire.

Les trois hommes avaient serré Bourtoul dans une encoignure de la pièce. Le pauvre homme suait abominablement : son regard terrorisé allait de l'un à l'autre. Il s'appuyait au mur à plein dos comme s'il eût souhaité s'y fondre.

— Et si j'appelais ! bredouilla-t-il.

— Tu n'en aurais pas le temps, dit le plus jeune du trio, André Martin, le neveu.

Bourtoul perçut le déclic du couteau à virole. Un bel instrument à saigner les porcs, une de ces lardoires rustiques fabriquées à Montpezat et que tous ceux qui sont appelés à voyager sur les grands chemins ont dans leur poche.

— Tu plaisantes, petit, balbutia Bourtoul.

— Tu ne connais pas mon neveu, dit Pierre Martin. Quand il dit qu'il va faire quelque chose, il le fait.

De fait, le neveu n'avait pas l'air de vouloir plaisanter. Ces petits yeux gris à demi fermés, cette expression sournoise et rusée, cette inquiétante cicatrice au-dessus de l'œil gauche, souvenir d'une rixe au couteau...

— Alors, s'impatientait Rochette. Cette bourse, tu nous la donnes ou nous la prenons ?

— Bandits ! hurla Bourtoul. Vous n'aurez rien !

Il bouscula les trois hommes comme un taureau furieux, courut vers la fenêtre qu'il se mit en devoir d'enjamber, au risque de se briser une jambe dans sa chute. Rochette le rattrapa, l'empoigna au collet, le repoussa vers le coin qu'il venait de quitter. De nouveau, l'étau se referma sur le maquignon qui tout à coup se tint le ventre à deux mains, haletant.

— Qu'as-tu ? demanda Pierre Martin.

Bourtoul dégagea une de ses mains. Elle était rouge de sang.

— Bon Dieu, dit l'aubergiste. Tu ne l'as pas manqué, petit.

— C'est quand il nous a bousculés, dit le neveu. Il est venu donner du ventre contre mon couteau, le maladroit. Mais la plaie ne doit pas être bien profonde.

Pierre Martin écarta les mains que Bourtoul avait plaquées contre sa ceinture. Un peu de sang gicla par la déchirure de l'étoffe.

— Tu as compris, maintenant, dit-il, qu'il ne fait pas bon nous tenir tête. Tu ne sortiras pas vivant d'ici si tu ne sacrifies pas ces misérables écus. Allons, Bourtoul, un bon mouvement ou nous allons nous servir nous-mêmes !

Bourtoul secoua la tête. Le souffle oppressé, la bouche ouverte, sans cesser de tenir ses mains plaquées contre la plaie d'où le sang giclait, il eut la force de hurler :

— Misérables ! Les gendarmes seront prévenus. Vous jouez votre tête.

— Tu ne diras rien à personne, dit froidement Pierre Martin, surtout pas aux gendarmes. Tu le paierais de ta vie. Et maintenant, donne !

Il fallut le forcer comme une bête sous la menace du couteau, lui enfoncer son mouchoir dans la bouche afin de l'empêcher de crier jusqu'à ce que, couché le long du mur, il consente enfin à se laisser fouiller.

— Maintenant, dit Rochette, tu peux décamper. Mais sache que nous te retrouverons s'il te vient à l'idée de parler.

Bourtoul ne se le fit pas répéter deux fois. Il descendit l'escalier à toutes jambes, traversa au pas de charge la salle commune, tellement encombrée de dîneurs que personne ne prêta attention à lui. Une fois dehors, tenant toujours son ventre à deux mains, il courut à sa voiture. Le champ de foire commençait à se vider et l'homme de La Ribeyre avait disparu après avoir vendu ses moutons à quelqu'un d'autre.

Le départ de Bourtoul était passé inaperçu. Sauf peut-être de ce mendiant à barbe de prophète qui, assis sur une marche de l'auberge, l'avait suivi longtemps du regard.

Un regard qui n'oubliait rien.

***

La salle des Assises bourdonne aux approches du soir comme une cloche de bronze sous laquelle on aurait enfermé un essaim de frelons. La déposition de Bourtoul a été longue, laborieuse, fréquemment coupée par des observations du président qui hasarde un mot :

— Allons, messieurs, revenons, c'est le cas de le dire, à nos moutons !

La fatigue commence à se faire sentir. Les jurés étouffent des bâillements discrets, échangent des regards d'impatience. Certains consultent leur montre et tapotent avec le bout des doigts sur la bordure tapissée de velours vert. Un rayon de soleil fait étinceler les abeilles impériales qui butinent le mur du fond autour du grand christ de bois.

On attendait des protestations d'innocence de la part des trois complices mis en cause par les déclarations de Bourtoul et rien ne s'est produit. Ils se contentent de promener sur l'assistance et le prétoire des regards mornes. Marie Martin, elle, joue avec ses doigts, comme si elle tricotait.

— Messieurs, dit maître Croze, soyons sérieux et donnons-nous la peine de réfléchir. Bourtoul est blessé d'un coup de couteau. On le dévalise en plein jour, dans une auberge pleine à craquer. Et il se tait ! La même chose pour Hugon : on le maltraite, il reconnaît ses agresseurs et il se tait. De même pour Vincent Boyer et tous ceux qui ont défilé à cette barre. Ignoraient-ils donc la prescription qui assure l'impunité aux auteurs de ces méfaits ?

— Beaucoup de bruit pour une rixe de cabaret ! ajoute maître Audigier, l'avocat d'André Martin.

La main du baron-président Fornier de Clausonne bat comme une aile au-dessus de la pile de dossiers posés devant lui.

— S'il vous plaît, messieurs de la défense, gardez vos effets oratoires pour le moment de votre plaidoirie. MM. les jurés apprécieront en leur âme et conscience.

Il ajoute avec un soupir de soulagement :

— La séance est levée.

***

« Ils n'oseront pas, songe Marie Martin. Non : ils n'oseront pas condamner une femme. » C'est ce que lui a affirmé son avocat, maître Dousson. « Ils n'oseront pas ! » C'est ce qu'elle se disait avant que les gendarmes ne se présentent pour l'arrêter, alors qu'elle s'apprêtait à partir pour Pradelles où elle pensait pouvoir susciter des témoignages favorables aux trois accusés. Depuis leur arrestation, elle remuait ciel et terre, proposant de l'argent aux uns, proférant des menaces à l'encontre des réticents, importunant tout le monde par son insistance et ses maladresses.

« Ils n'ont aucune preuve formelle contre vous ! » lui a dit maître Dousson. Mais sait-on jamais comment peuvent réagir des jurés, bourgeois et gros fermiers ?

Sait-on ce qui se passe derrière ces façades d'honorabilité sans failles, du moins en apparence ?

***

— Il faut vous forcer à manger, dit la religieuse. Vous en aurez besoin. Deux rudes journées vous attendent.

Marie Martin repousse son écuelle du bout du pied. Les rats en feront leur affaire cette nuit. Ces rats... D'où sortent-ils ? Elle en a tué trois la nuit passée mais ils sont toujours aussi nombreux. Elle a demandé et obtenu de changer de cellule mais la même invasion se reproduit inexorablement. A peine commence-t-elle à s'endormir, elle est réveillée en sursaut au contact ignoble de cette vermine sur ses pieds, ses mains, son visage. Une nuit, l'un d'eux l'a fixée à travers l'ombre ; elle pouvait distinguer nettement les deux étincelles bleuâtres des prunelles.

Et puis il y a ces bruits de la ville, ces lumières qui passent tard sous ses fenêtres, et parfois ces cris de mort qui la réveillent au milieu de la nuit. Combien elle préférait son cachot de Largentière, noir comme les fours de Peyrebeille. Dans ce réduit situé au sous-sol du palais de justice, elle ne voyait rien du monde extérieur, hormis des ombres qui passaient le long des corridors glacés, des robes qui sentaient une odeur d'église et de paradis, et cet aumônier qui venait de temps à autre la harceler et dont elle avait fini par refuser les visites. Au continuel tumulte de Privas, elle préférait le silence de crypte de Largentière, et ces interminables séances de tricot dans la maigre clarté du soupirail.

Ici, elle n'a plus le cœur à rien. Ses mains inutiles. Ses mains dépossédées. Ses mains étrangères. Ses mains qui refusent. Ses mains folles qui ne savent plus rien faire. Qui ne sauront plus jamais. Rien, sinon secouer ces barreaux, désespérément, jusqu'à ce que le fer leur arrache des lambeaux de peau et qu'elle lèche ensuite comme un chien ses blessures.

7.

LA ROSE ET L'HOMME DE SANG

Jadis, Rose Ytier était une « fière femme », comme on dit dans le pays. Une de celles qui bûcheronnent avec les hommes dans la forêt, tiennent le manche de la charrue et vous traversent sans frémir, en pleine nuit, la forêt de Bauzon ou les bois de Faultre. Une maîtresse femme, et qui n'avait pas froid aux yeux. Aujourd'hui, ce n'est plus qu'un petit bout de vieille ratatinée comme une pomme d'hiver mais avec encore de l'acier dans les nerfs, des dents de trente ans et une belle fleur de santé aux pommettes. Elle serre son fichu croisé contre sa poitrine comme si elle redoutait de prendre froid, en fait par timidité, pour se replier derrière un geste car tous ces gens qui la fixent, tout cet apparat, ces messieurs en hermine et robe rouge, ce grand christ de bois au-dessus d'elle l'impressionnent atrocement.

Le président réclame le silence, croise ses mains sur le dossier posé devant lui.

— Vous vous nommez, dit-il, Rose Ytier, veuve Bastidon. Vous habitez la commune de Pradelles où vous avez jadis exercé la profession de marchande foraine et, accessoirement, d'agricultrice. Au mois de mai, il y a deux ans, en 1831, vous vous êtes rendue à Mayres où vous avez de la famille. Veuillez nous dire ce qui vous est arrivé à votre retour. Parlez sans crainte et en toute liberté. Nous vous écoutons...

***

Mayres-Pradelles : cela fait une bonne trentaine de kilomètres. Rose Ytier songea qu'en partant à une heure de l'après-midi, elle pourrait être rendue chez elle pour le coucher. Les jours, en cette saison, sont longs et il fait bon marcher.

Rose partit gaillardement sous un beau soleil. Par malheur, le temps se gâta et tourna sournoisement à l'orage. De chaudes bouffées de vent roulaient sur les pentes arides. L'air était saturé de nuées de mouches et de moustiques. Des ravins où l'Ardèche coulait profond, l'orage de mai commençait à faire ses pelotes de brume. Rose Ytier força l'allure. Elle fit halte à La Chavade, le temps de manger un morceau et de boire un verre de vin pour se requinquer. Puis elle se remit en route avec une vigueur nouvelle. Malgré son âge et la côte abrupte qu'elle avait à affronter, elle ne sentait guère la fatigue, habituée qu'elle était, depuis l'enfance, à ces interminables randonnées. Les muletiers et les voituriers la saluaient en la reconnaissant. Ce jour-là, l'un d'eux accepta de lui faire faire un bout de chemin sur une mule de renfort, jusqu'à Lanarce. C'était autant de gagné.

A sept heures du soir, Rose Ytier arrivait en vue du hameau de Peyrebeille, sous un ciel menaçant. On eût dit que la nuit allait tomber comme un mur d'ardoise. Des nuages aux reflets roux passaient à vive allure au ras des toitures.

— Bon Dieu ! grogna la Rose, me voilà fraîche. Moi qui n'ai pas même un manteau pour m'abriter.

Elle songea qu'il serait plus raisonnable de s'arrêter à Peyrebeille pour y passer la nuit, si elle ne voulait pas risquer, à son âge, et avec cette fatigue qui commençait à lui engourdir les jambes, de se trouver seule en pleine tourmente. Personne ne l'attendait à Pradelles et elle avait dans sa bourse de quoi payer le gîte et le couvert.

Lorsque les premières gouttes chaudes de l'averse la surprirent, elle se mit à courir en retroussant ses jupes. Elle frappa à la porte de l'auberge mais personne ne répondit. Elle cogna une nouvelle fois, plus fort, sans autre résultat. En soulevant le loquet, elle constata que la porte était fermée de l'intérieur. Elle avait ramassé une pierre et s'apprêtait à frapper de toutes ses forces quand elle entendit, en collant l'oreille au battant, une voix d'homme :

— Où allons-nous le porter, ce bougre-là ?

Une autre voix répondit :

— Autour de la maison, les fossés sont encore frais. C'est là que nous devrions l'enterrer.

La voix de Pierre Martin et la voix de Rochette. Rose Ytier n'eut pas de difficulté à les reconnaître car elle s'était déjà arrêtée à Peyrebeille. La pierre que Rose tenait à la main tomba d'elle-même. Elle s'écarta d'un pas le long du mur qui l'abritait un peu et se mit à réfléchir. Il semblait inutile, peut-être même dangereux, de persister à vouloir se faire ouvrir la porte et à appeler ainsi l'attention sur elle. D'autre part, il était plus risqué encore, mais pour une autre raison, de partir sur le large du plateau en plein dans cet orage qui, maintenant, crépitait de toutes parts. Elle resta quelques instants collée à plein dos contre le mur pour se protéger des bourrasques, son fichu serré contre sa poitrine, sentant la peur mûrir en elle.

De quoi – ou de qui – voulaient donc parler Martin et Rochette ? Qui était ce « bougre » ? Un chien ou un homme mort ? Elle devait d'abord se mettre à l'abri dans la grange dont la porte était ouverte. Allongée dans le foin, elle pourrait réfléchir tout à son aise et se cacher en cas d'alerte.

Rose monta dans la « senas » doucement, pour ne pas faire broncher les chevaux, se creusa un nid douillet dans le foin de l'été passé et essaya de mettre un peu d'ordre dans ses pensées.

Elle sombra presque instantanément dans le sommeil.

Il pouvait être minuit, peut-être un peu moins, peut-être un peu plus, quand des cris éveillèrent Rose Ytier. Des cris accompagnant le tumulte d'une lutte féroce.

— Ne me tuez pas ! gémissait une voix d'homme étranglée par l'angoisse. Laissez-moi la vie, je vous en conjure. Je ne dirai rien ! Grâce...

Une autre voix répondait :

— Inutile de protester ! Il faut que tu y passes...

Cette fois-ci, la logique de la situation s'imposa d'emblée à la vieille dame, en même temps que la terreur s'installait en elle. Le secret qu'elle venait de surprendre risquait de lui coûter la vie si elle venait à être découverte. L'ombre, autour d'elle, lui parut soudain hostile et glacée.

— Mon Dieu ! gémit-elle. Mon Dieu ! Pourvu que je puisse retrouver la porte.

Ses jambes paralysées la portaient mal. Elle parvint cependant à sortir de la grange. Personne au-dehors. Elle longea le mur en direction de la route, le dos collé contre la pierre, la gorge sèche, haletante.

Elle allait prendre son élan pour plonger dans la nuit, jupes retroussées, quand une masse énorme, confuse, vivante, vint s'abattre à ses pieds. Elle ne put retenir le hurlement qui lui montait du fond du ventre. Dans une lueur d'éclair elle aperçut un homme aux vêtements en lambeaux, au visage lacéré de blessures et barbouillé de sang.

— Taisez-vous et fuyons ! lui dit l'homme.

Ils se mirent à courir aussi vite qu'ils le purent et disparurent dans l'épaisseur de la nuit sans se retourner. Lorsqu'ils furent suffisamment éloignés pour ne plus redouter d'être rejoints, ils s'arrêtèrent sur le bord de la route, pliés en deux pour reprendre souffle. Dès que les forces lui revinrent, la vieille dame posa les questions qui lui brûlaient les lèvres :

— Qui êtes-vous et que vous est-il arrivé ?

Le fugitif fit celui qui n'entendait pas. Il répétait comme une litanie :

— Ah ! les misérables ! Non seulement ils m'ont dépouillé de mon argent, mais ils ont voulu me tuer.

— Ils ont voulu vous tuer ?

— Oui, m'assassiner ! Qu'est-ce que ma mort aurait pu leur rapporter ? Pourquoi me tuer, moi, un père de famille, presque un voisin ? Si on ne coupe pas le cou à ces gens, c'est qu'il n'y a pas de justice.

Une fade odeur de sang montait des vêtements et du corps de l'inconnu. Rose Ytier tenta de lui saisir les mains pour les réchauffer, mais il se déroba. Elle lui demanda une nouvelle fois son nom ; il refusa de le lui révéler.

— C'est bon, dit la vieille dame, mais, au moins, racontez-moi ce qui s'est passé. Si vous le souhaitez, nous pouvons continuer à marcher sans nous presser.

L'orage crépitait encore autour d'eux. L'air sentait le phosphore et l'odeur puissante des tourbières qui creusaient leur conque d'ombre dans la nuit fulgurante où chantaient les grenouilles. Ils se levèrent pour repartir. Brusquement, après un moment de silence, l'inconnu commença son récit.

Un homme sur une route. Seul dans la nuit qui approchait, avec au ventre une faim pressante. Une lumière au loin l'invitait à la halte avec, peut-être, dans l'air du soir, une odeur de soupe chaude. L'homme pressa le pas, cogna à la porte de l'auberge de Peyrebeille.

— A peine m'eut-on ouvert, je demandai poliment si je pouvais souper et coucher. On me fit entendre qu'il n'y avait rien à manger et que les chambres étaient toutes occupées. J'insistai. On se concerta derrière la porte avant de m'ouvrir. Tout ce qu'on pouvait me donner, c'était un morceau de pain. La mère Martin alla couper un chanteau à la tourte et me le jeta comme à un chien. Quelque chose me disait que j'étais de trop, que j'arrivais à la mauvaise heure, que je gênais. Quand j'eus fini mon morceau de pain, je demandai à aller coucher au foin. Vous le savez, c'est une chose qu'on ne refuse jamais, même aux vagabonds. La coutume. Pourtant les gens de Peyrebeille se concertèrent une fois de plus dans le fond de la salle commune, comme si je demandais le Pérou. Finalement, de fort mauvaise grâce, on m'ouvrit la porte de la « senas » en me recommandant de ne pas fumer ma pipe.

— Vous, au moins, dit la petite vieille, vous n'êtes pas peureux. A votre place, j'aurais décampé.

— Peut-être bien ! Mais j'étais tellement fatigué...

En se rendant au grenier à foin, l'homme avait glissé un œil dans une resserre dont la porte était entrebâillée ; il avait aperçu, aussi distinctement que le lui permettait la clarté de la chandelle que tenait la mère Martin, une forme humaine allongée, enveloppée d'une méchante toile à sac et dont les pieds nus, blancs comme cire, dépassaient. Le mouvement de terreur de l'inconnu n'avait pas échappé à l'aubergiste.

— Eh ! bien, qu'avez-vous ? lui avait-elle demandé en le fixant dans le blanc des yeux, la chandelle levée au-dessus de leur tête. Quelque chose vous déplaît ? Vous savez, personne ne vous oblige à rester ici...

— Si vous n'y voyez pas d'inconvénient, bredouilla le voyageur, je préfère rester. L'orage...

— Bien, dit la mère Martin, se ravisant. Réflexion faite, nous pouvons vous donner une chambre si vous avez de quoi payer.

L'inconnu hocha la tête. Il aurait préféré coucher au foin plutôt que dans ce lieu sinistre, en haut de ces escaliers qui craquaient à la moindre pression comme de vieilles bottes, dans ce taudis où les bourrasques faisaient cliqueter les tuiles et soulevaient de petites elfes de poussière au ras du plancher.

La mère Martin poussa une porte d'un coup de sabot.

— Voilà votre chambre. Dormez bien.

Une chambre... Le voyageur posa son bougeoir sur la table large comme un guéridon. Il y avait juste assez de place pour le lit, l'armoire et une chaise. Après une rapide inspection, l'homme poussa la table contre le mur du fond, sous la fenêtre placée à une hauteur insolite. « On ne sait jamais, songea-t-il. Si je devais filer rapidement... » Ces hésitations sur son compte, ces conciliabules, ces brusques revirements ne lui disaient rien qui vaille. Surtout ce cadavre allongé dans la chambre froide, les pieds à l'air. Il avait subitement, de nouveau seul, l'impression d'avoir été projeté vivant dans un cauchemar. Il ouvrit la fenêtre, respira quelques goulées d'air frais.

— J'inspectai le grabat, dit-il. Il était d'une saleté repoussante. Il avait dû servir à toutes sortes de voyageurs avant moi, si bien que je préférai m'allonger tout habillé sur la courtepointe.

Deux heures avaient passé et l'inconnu n'avait pu encore, malgré sa fatigue, trouver le sommeil, quand il lui sembla entendre craquer les marches de l'escalier qui conduisait à l'étage, sous la pression de lourds sabots de bois. Un client attardé, peut-être. Ou Rochette qui montait se coucher. L'inconnu ralluma la chandelle et, par mesure de prudence, alla vérifier si la fermeture sommaire de sa porte tenait encore : il avait bloqué le loquet avec son couteau. L'oreille collée au battant il entendit Rochette qui disait, *mezzo voce* :

— Il doit dormir. Il avait l'air très fatigué. C'est le moment. Ça ne sera pas long.

Rochette frappa à la porte puis, n'obtenant pas de réponse, tenta de l'ouvrir. Comme elle résistait, il pesa de tout son poids sur le battant. N'obtenant pas de résultat, il poussa violemment de l'épaule, une fois, puis deux, puis trois, accompagnant ses efforts de jurons.

— Sous les secousses répétées, poursuivit l'inconnu, mon couteau tomba sur le plancher. Comme je me baissais pour le ramasser et le remettre en place, le battant s'ouvrit et faillit m'assommer. Encore étourdi par le choc et par ma chute, je distinguais mal la silhouette de deux hommes. L'un d'eux tenait une lanterne. C'était Pierre Martin. Il était accompagné du sinistre Rochette que j'aurais reconnu entre mille à son allure de bagnard.

Tout s'était ensuite déroulé très rapidement.

— Martin posa sa lanterne sur le plancher et se précipita sur moi tandis que Rochette brandissait une arme qui ressemblait à un gros marteau. Je ressentis une douleur très vive à la tête, à l'endroit où le fer avait frappé avant de rebondir sur mon épaule et d'arracher un lambeau à ma veste. Tandis que Rochette m'immobilisait par-derrière pour permettre à Martin de m'étrangler, un courant d'air éteignit le lumignon. Il était temps. Déjà les deux mains énormes de Martin se portaient à mon cou...

Dans le galetas plongé dans l'ombre, avec seulement, de temps à autre, de fulgurantes lueurs d'éclair, ce fut une lutte sauvage d'aveugles.

— L'obscurité me favorisait. Je parvins à me libérer de ces mains qui déchiraient mes vêtements, de ces ongles qui me lacéraient la peau. Plié en deux, je bondis en avant, la tête la première, là où j'estimais que devait se tenir Martin. Mon crâne s'enfonça dans une épaisseur molle qui devait être le ventre du brigand. Il hurla, bousculant Rochette qu'il entraîna dans sa chute.

L'inconnu profita de son avantage pour déguerpir. Il sauta sur la table, parvint à se glisser par la fenêtre, mais elle était si étroite qu'il dut s'y reprendre à deux fois pour s'y engager entièrement. Il avait passé la moitié du corps quand il sentit avec effroi qu'on le happait vigoureusement en arrière par les pieds. Une solide ruade fit lâcher prise à l'agresseur et...

— ... et je fis une chute qui me parut interminable. J'aurais pu me rompre le cou. C'est alors, en me redressant, que je vous ai aperçue.

— Ainsi, dit la vieille dame, c'est du cadavre que vous avez aperçu dans ce placard que les brigands voulaient se débarrasser en allant le jeter dans un fossé. Ils en parlaient lorsque je suis arrivée et j'ai surpris leur conversation. En vous assassinant, ils faisaient coup double : ils vous prenaient votre bien et supprimaient un témoin de leur forfait. Vous l'avez échappé belle....

La vieille dame ajouta, comme si cela allait de soi :

— Naturellement, vous allez raconter votre aventure aux gendarmes. Si mon témoignage peut vous être utile...

L'homme se tut et la vieille dame n'insista pas. Le récit qu'elle venait d'entendre sonnait juste mais certains détails dans l'attitude et les propos de l'inconnu la prévenaient contre un excès de curiosité. Cet homme n'aimait pas les questions.

Elle ajouta, après un long silence :

— Je suis morte de fatigue et de peur, au point qu'il m'est impossible de dire où nous sommes et dans quelle direction nous allons.

— Nous sommes sur la bonne route, dit l'inconnu : celle qui nous éloigne de ce coupe-gorge.

Ils se reposèrent un moment sur un tronc d'arbre couché au bord du chemin, près d'une source gonflée par l'orage, qui jaillissait sous les bruyères.

— Donnez-moi votre mouchoir, dit Rose.

Elle alla le tremper dans la source et entreprit de nettoyer le visage de l'inconnu. Il se laissa faire ainsi qu'un enfant. La nuit, après l'orage, embaumait.

Sur toute la steppe, phosphorescente comme si le jour allait se lever, grillons et grenouilles s'en donnaient à cœur joie.

La vieille dame fouilla dans son sac, en retira une fiole de liqueur de cassis, avala une gorgée et tendit le récipient à son compagnon de route.

— Buvez, dit-elle. Cela vous remettra d'aplomb.

DEUXIEME PARTIE

1.

FORTUNE FAITE

On le savait déjà mais, dans la bouche du procureur du roi, en plein procès, ces révélations ne manquèrent pas de faire sensation sur l'assistance :

— Messieurs les jurés, dit M. Aymard, Pierre Martin a plus de deux mille francs de rentes en biens-fonds, libres d'hypothèques. De plus, il possède des capitaux. D'autre part, je vous rappelle qu'il a constitué à ses filles des dots importantes...

C'est vers l'année 1830 que l'idée vint à Martin de renoncer à exploiter son auberge.

Il avait cinquante-sept ans et la fatigue commençait à se faire sentir. Retourner un champ ne lui faisait toujours pas peur, traverser des lieues de forêt en suivant les « paradous », en toutes saisons, pour aller rendre visite à quelque débiteur ou traquer le loup dans quelque vallée perdue n'était pas pour le rebuter. L'appétit était solide, la vue excellente. Mais Pierre Martin était un sage. Ses ambitions juvéniles étaient satisfaites; il vivait maintenant à la manière de ces petits hobereaux de province qui associent fortune et vie terrienne et se refusent à aller gaspiller le fruit de leur travail dans les villes, à des plaisirs sans lendemain. Martin préférait se constituer pour ses vieux jours des rentes de bourgeois.

Marguerite et Jeanne-Marie étaient mariées. La cadette avait épousé Philémon Pertuis. Durant les trois premières années du mariage, le ménage avait vécu à l'auberge de Peyrebeille où trois enfants leur étaient nés. Ils avaient quitté Peyrebeille pour La Fayette, à six kilomètres de là, où Philémon comptait tenir lui aussi une auberge. Ils n'avaient plus que des rapports espacés avec les Martin. Comme si Marguerite souhaitait prendre quelque distance avec ses origines.

Le mariage de Jeanne-Marie avait été plus laborieux.

On la disait « délurée » et « peu farouche ». On lui prêtait des aventures avec les clients de passage, mais elle avait deux prétendants sérieux : Jean Rochette auquel, implicitement, elle était promise depuis l'adolescence mais dont les manières frustes et le caractère ombrageux l'excédaient ; Jean Robert, le garde-forestier qui venait souvent sécher ses guêtres à l'âtre des Martin et qui, à l'égal de Rochette, mais avec plus d'ostentation, manifestait sa colère et sa jalousie devant les libertés d'allure de la fille des aubergistes.

Tiraillée entre ses passades avec les clients et ses deux prétendants irascibles, Jeanne-Marie, qui ne paraissait avoir aucune vocation pour le mariage, prenait les choses du bon côté. C'était un beau brin de fille, longue et mince, un peu hommasse, vive dans ses manières, prompte à la détente comme une vipère lorsqu'une main venait contre son gré s'égarer sous ses jupons. Très partagée dans ses sentiments, elle demeurait constante dans ceux qu'elle vouait à ses parents auxquels elle était très attachée, et à Rochette. Mais lui, elle le détestait.

Une histoire contée par un journalier embauché par les Martin, Louis Pichier, vint, lors de l'audience de Privas, confirmer cette situation.

Louis Pichier avait surpris une querelle entre la mère Martin et Jeanne-Marie. Rochette était en cause. La discussion avait failli dégénérer. C'est Rochette lui-même, attiré par le bruit, qui était intervenu pour demander aux femmes de modérer leurs ardeurs. Cet ouvrier qui travaillait non loin de là paraissait avoir l'ouïe particulièrement aiguisée.

Pichier vint témoigner à la barre : Jeanne-Marie refusait d'épouser ce gueux de Rochette, ce noiraud qui ne pourrait lui donner que des négrillons, ce gredin qui avait partie liée avec des malfaiteurs. Ce n'est pas Rochette que Jeanne-Marie épouserait si l'envie l'en prenait de rompre avec le célibat, mais le beau garde-forestier : Jean Robert. Lui et personne d'autre.

Or ce n'est pas Robert que Jeanne-Marie épousa, mais un certain Dayrolles, cultivateur originaire des Vans, un village du Bas-Vivarais. Il était temps : cette longue fille montée en graine commençait à « tourner chèvre », comme on dit dans le pays, et à sentir le vinaigre. Elle avait coiffé Catherine depuis belle lurette.

Pourquoi ce paysan ? Jeanne-Marie, qui avait hérité de ses parents une vénération inconditionnelle pour les bourses bien rondes et les terres bien grasses, avait finalement préféré au garde-forestier, joli garçon mais sans avenir, l'opulent domaine des Vans qu'elle épousait par l'intermédiaire de Dayrolles. La raison avait primé sur l'amour.

Avec une certaine philosophie Rochette avait pris son parti de son échec ; il resterait célibataire mais plus que jamais attaché à sa véritable famille : celle des Martin. Mais pour Jean Robert, abreuvé de promesses, tout feu tout flamme à la pensée de garder dans son lit, pour lui tout seul, cette fille débordante de passion, le renoncement de Jeanne-Marie était une trahison. Sa déception allait lui tenir au cœur et l'armer plus tard contre les Martin.

Son heure n'allait pas tarder à sonner.

***

Lorsque Pierre Martin, son fusil en bandoulière, ses guêtres de toile bien ajustées, accompagné de l'inséparable Rochette, parcourait son domaine, il le trouvait bien vaste. Trop vaste même pour lui qui, maintenant, allait vieillir seul entre son épouse et son domestique.

De plus en plus régulièrement, il se rendait seul à l'ancienne demeure du Coula, celle où vivait jadis le père Breysse et où il avait débarqué vingt ans auparavant, pauvre comme Job ou peu s'en fallait. Par la pensée, il refaisait le chemin inverse de celui qu'il avait accompli.

Un jour qu'il chassait avec Rochette, il dit à son domestique :

— Lorsque nous nous sommes installés au Coula, je me suis dit que je ne moisirais pas dans cette masure, que je me ferais construire une grande auberge. Aujourd'hui, je n'ai plus qu'un désir : l'abandonner, elle qui nous a donné tant de soucis, et retourner au Coula.

— Vous abandonneriez l'auberge maintenant que tout marche bien ?

— Au Coula nous garderons table ouverte pour les clients fidèles. Quelques lits aussi. Tu sais bien que je ne pourrais pas vivre sans rien faire.

Rochette hocha la tête. Que lui importait à lui de vivre à l'auberge ou au Coula, du moment que Jeanne-Marie n'était plus là avec ses rires, ses chansons, ses mines de chatte amoureuse. Il aurait toujours une table où s'asseoir et un lit où dormir. Que le monde s'écroule autour de Peyrebeille lui était indifférent.

Ce que Pierre Martin avouait moins volontiers, c'est qu'il commençait à s'inquiéter des racontars qui couraient le pays, sur l'origine de sa fortune. Rochette ou Marie les lui rapportaient à mots couverts afin d'éviter ses colères qui se retournaient souvent contre eux.

Car on clabaudait ferme dans le pays. Des histoires de vols, d'assassinats, de mystérieuses disparitions circulaient de bouche à oreille, de plus en plus insistantes.

Il devenait urgent de prendre une décision.

— Voilà qui est fait, dit un jour Martin à son épouse. J'ai enfin trouvé à qui affermer l'auberge. C'est un nommé Louis Galland. Tu ne le connais pas, mais je crois pouvoir répondre de lui.

Quelques jours plus tard, les époux Martin en grande tenue descendaient de voiture devant l'étude de maître Jean-Louis Enjolras, notaire royal à Montlor, afin de signer l'acte qui allait mettre un terme à leur carrière d'aubergistes de Peyrebeille. Ils y retrouvèrent le dénommé Galland, personnage un peu rustaud, qui sentait l'étable et qui tenait ses grosses mains crevassées serrées entre ses genoux.

D'une voix monocorde, le tabellion donna lecture de l'acte, énuméra pièce par pièce l'état des lieux. Pierre Martin signa d'une croix. Lorsqu'il se retrouva sur le siège de sa carriole, il poussa un soupir de soulagement.

— Affaire conclue ! Mais sois sans crainte, Marie : nous ne resterons pas sans besogne ! Il y a encore quelques beaux écus à récolter !

C'était toucher Marie par son point faible. C'est vrai qu'ils ne restaient pas sans besogne : des vaches et des chevaux à soigner, une table à tenir prête pour les clients dont quelques-uns étaient des amis, une cave à renouveler, avec toujours quelques barriques de ces fameux vins de Vinezac ou de Saint-Péray... Galland avait regimbé en entendant parler de cette concurrence qu'il jugeait déloyale, mais c'était à prendre ou à laisser. Il comptait sur la position de l'auberge, son équipement, la réputation de sa cuisine, pour conserver la majeure partie de la clientèle sinon l'accroître.

Il se faisait des illusions.

***

La voie d'une retraite paisible était toute tracée pour le maître de Peyrebeille. Les saisons pouvaient amener leurs neiges, leurs brouillards, leurs orages, leurs grands vents, la demeure du Coula, portes closes, constituait un abri sûr. Contre les intempéries. Contre les hommes.

Et soudain, dans cette trame de jours unis, un fil se rompit, tout se défit brutalement et il ne resta plus que haillon et charpie. Avec, au milieu de cette désolation, de ce saccage, une large flaque de sang.

Il avait suffi pour en arriver là qu'un obscur « pagel », un montagnard de Saint-Paul-de-Tatras, entre Pradelles et Coucouron, boive un coup de trop à la foire de Saint-Cirgues-en-Montagne, un jour d'octobre de l'an 1831, et qu'il ramène chez lui une génisse au caractère indépendant, qui n'avait pas trouvé acquéreur.

Et c'est ainsi que, sur les pas de Jean-Antoine Anjolras, dit Bergeyre, le destin des aubergistes de Peyrebeille s'était mis en marche.

2.

UNE NUIT D'EPOUVANTE

Fameux, ce vin « bourru »! Moins bon, peut-être, que celui de l'année de la comète, mais fameux quand même. Il râpait délicieusement la langue et le palais, laissant au fond de la gorge un goût de terre et de fer. Jean-Antoine Anjolras était, à son accoutumée, la sobriété incarnée. Mais là, il était tombé tête baissée dans un piège. Le piège de l'amitié. Le pire de tous.

— Allons, Bergeyre. Encore une pinte...

— Il est tôt. Tu as le temps de rentrer.

— Alors, raconte : cette génisse, ta Bravo, pourquoi n'as-tu pas réussi à la vendre?

Jean-Antoine Anjolras ouvrait sa « mite », cette bourse de laine tricotée par sa concubine, où il avait placé son argent : dans les cent soixante francs, une coquette somme qu'il comptait bien, en débarquant à Saint-Cirgues, arrondir en vendant sa Bravo. Mais cette maudite génisse était encore là, devant la porte du cabaret, tirant sur sa longe en meuglant d'une voix lamentable. Tous ceux qui l'avaient examinée avaient fait la grimace : une méchante bête.

Anjolras alignait d'un geste hésitant quelques piécettes sur la toile cirée et la servante apportait une nouvelle pinte. L'un des compères versait à boire car Anjolras avait juste assez de lucidité pour conduire sans risques son verre de la table à ses lèvres.

— La dernière pinte, Bergeyre !

Jean-Antoine Anjolras se redressa sur ses jambes molles, s'arc-bouta des deux poings à la table comme s'il allait prononcer un discours.

— Nnnnon ! fit-il, d'une voix pâteuse. Cette fois-ci, c'est non ! Il faut que je m'en retourne. On m'attend...

— Laisse donc ! Cette mégère qui prépare ta soupe et fait ton lit peut bien attendre un peu. Si tu arrives trop tard ce soir pour lui faire l'amour, elle attendra demain.

L'air méprisant, Anjolras s'assura que sa bourse était en bonne place dans son gilet, tâtonna pour trouver sa canne puis toucha d'un doigt hésitant le bord de son couvre-chef. La génisse l'accueillit d'un meuglement affectueux. Il murmura, ému :

— Ma Bravo... Ma petite vachette... Tu n'as pas voulu te séparer de ton maître, hein ? Eh bien ! nous allons nous en retourner tous deux comme nous sommes venus.

Campée sur le seuil, la servante le regardait curieusement.

— Le voilà qui parle à sa vache, dit-elle. Jamais je ne l'ai vu ivre à ce point. S'il ne se perd pas en route, c'est que saint Christophe l'aura accompagné.

La longe enroulée à sa main droite, Anjolras partit à la suite de sa génisse, au risque de s'affaler dans la boue du champ de foire. Digne comme un Romain, il se retrouva par miracle dans la bonne direction.

Une fois sur la route, les ennuis commencèrent, la Bravo tirant à hue et le maître à dia. Parvenu non sans peine à Issenlas et passant devant un cabaret, Anjolras se sentit dévoré par la soif. Il attacha sa génisse à un anneau, but quelques verres et somnola un quart d'heure dans le brouhaha de la salle commune, jusqu'à ce que la servante vînt lui secouer l'épaule, pour l'avertir que la génisse avait pris le large. Anjolras se précipita, bousculant des clients qui entraient, et constata que l'emplacement où il avait attaché Bravo était vide.

— On me l'a volée ! balbutia le bonhomme. Il faut que je prévienne les gendarmes !

— Tu ferais mieux de chercher à la rattraper, lui conseilla le père aubergiste. Il y a des chances pour qu'elle ait repris d'elle-même la direction de l'étable.

— Vous avez peut-être raison, soupira Anjolras.

Il prit donc le chemin de Mèzerac, s'arrêtant de temps à autre pour appeler sa vachette avec une voix d'amoureux éconduit : larmes dans les yeux, sanglots dans la voix. La Bravo demeurait introuvable. Sur le chemin qui se perdait dans le brouillard du soir, pas la moindre trace de sabots.

Passé Mèzerac, Anjolras marqua une hésitation. Allait-il prendre par Montlaur ou par Peyrebeille ? Il se décida pour Peyrebeille, d'autant que Pierre

Martin, qu'il avait rencontré à la foire le matin même, lui avait donné rendez-vous dans son auberge où il se proposait de lui régler une petite dette.

Jean-Antoine Anjolras prit donc le chemin de Peyrebeille comme tombait la nuit. S'engager dans les « paradous », malade comme il l'était de chagrin et aussi de boisson, eût été une imprudence peut-être fatale, avec ces mauvais passages tout en ravins, en fondrières, et les mauvaises rencontres qu'on pouvait y faire.

Une dernière fois, il appela sa Bravo.

Puis, tête basse, désespéré, il s'en fut d'un pas rapide vers son destin.

***

Le hameau se révéla par de petites fumées montant dans l'air calme au-dessus des toits roux. Anjolras distingua dans la pénombre du plateau, un peu à l'écart, la bâtisse où Martin, peut-être, attendait sa visite. Peu avant d'y arriver, il croisa un petit berger qui le salua et auquel il rendit son salut. Il resta quelques instants à regarder le troupeau de moutons s'éloigner dans une odeur de suint et de poussière. Machinalement, il se dirigea vers l'auberge où il avait l'habitude, depuis de longues années, de faire halte. Puis il réfléchit et fit demi-tour en direction du Coula; il venait de se souvenir que Martin, depuis peu, avait affermé son bien à Galland.

Cette demeure du Coula était modeste mais avenante. Anjolras se laissa tomber sur une chaise et allongea ses longues jambes maigres vers la flamme où Rochette, en le voyant surgir, avait jeté une brassée de bois mort.

Martin avait précédé de peu Anjolras : il était en train de se débarrasser de ses vêtements de voyage dans un coin de la pièce, entre deux lits. Sous le tablier de la cheminée se tassait, épaules rentrées, une petite ravaudeuse au teint souffreteux, qui louait régulièrement ses journées aux Martin : un visage osseux, ingrat, dont la brutale flambée détaillait sans complaisance les défauts. Près d'elle, assis à même le sol, appuyé du dos contre les jambes de la jeune fille, le neveu de Pierre Martin, André ; l'ombre de son chapeau dissimulait un regard sournois mais observateur ; il taillait une canne de la pointe de son couteau. On disait que les deux jeunes gens étaient épris et que le neveu des Martin finirait par épouser un jour prochain cette Marie Armand qui n'était pas jolie mais qui avait du courage et de la volonté.

Jean-Antoine Anjolras sentait se dissiper sa fatigue. Sans ces deux inconnus qui buvaient le coup, silencieusement, à la table commune, il aurait eu l'impression d'être intégré au cercle de famille. Pour être pleinement heureux, il ne lui manquait que sa vachette.

— J'ai perdu ma Bravo, lâcha-t-il dans un soupir.

— Diable ! fit Martin. Comment as-tu fait ton compte ?

Anjolras raconta une fois de plus son aventure, avec un luxe de détails, accusant ses compagnons de cabaret de lui avoir fait boire un vin traître.

— Tu aurais dû te méfier, lui dit Martin. A ton âge, quand on a un long chemin à faire et une bête rétive à ramener au bercail, il faut savoir résister aux amis.

Cette dernière réflexion mit Anjolras de méchante humeur. Il répondit aigrement qu'il n'était pas venu pour recevoir des reproches. S'il était passé par Peyrebeille, c'était...

— Oui, je sais, dit Martin. Tu veux que je te règle ton compte ? C'est entendu. Mais, si tu veux bien, nous allons d'abord souper.

Anjolras ne se fit pas répéter deux fois l'invitation.

Ils allaient se lever de table, lorsqu'on frappa à la porte. Marie Martin alla ouvrir et fit la grimace : Chaze, le mendiant, se tenait sur le seuil, son chapeau rond à la main, la tête modestement inclinée. Par la porte entrebâillée, Anjolras, qui lui faisait face, reconnut le miséreux qu'il avait croisé le matin même, à Saint-Cirgues, assis sur les marches de l'église en train de se chauffer au soleil. Oui, c'était bien lui : cette barbe de patriarche, jaunie par le tabac autour des lèvres, ces yeux farouches, gris-bleu, ce regard vif et pénétrant qu'on ne pouvait oublier, ces loques faites de différentes pièces de vêtement mal ajustées, et jusqu'à ce balluchon d'étoffe rouge qu'il portait au bout d'un gourdin posé sur son épaule.

Laurent Chaze venait demander l'hospitalité au maître de Peyrebeille.

Il y eut, à mi-voix, une brève discussion par l'entrebâillement de la porte. La mère Martin refusait de laisser entrer le mendiant. Il insistait. Elle montra la table où le repas s'achevait :

— Nous ne pouvons te recevoir ce soir. Notre table est pleine, comme tu vois.

Le regard de Chaze parcourut la tablée. Il reconnut Anjolras entre deux ouvriers agricoles : Moulin et Raynaud, venus abattre un peu d'ouvrage pour les Martin. En face, Marie Armand, entre André et Pierre Martin. Rochette aidait au service.

— Tu vois, il n'y a plus de place, dit Marie Martin. Tu peux aller porter tes poux ailleurs !

Chaze le prit de haut :

— Vous n'allez pas refuser à un mendiant un peu de feu, un croûton, un verre d'eau, une place dans la fenière ! Vous êtes de mauvaises gens !

Le maître de Peyrebeille intervint. Il connaissait bien Chaze et le pouvoir malfaisant qu'il détenait, disait-on, de faire et de défaire les renommées. Personne ne s'était jamais permis, le connaissant, de lui interdire la porte ou de lui reprocher sa crasse. Avec tous les secrets qu'il collectait au cours de ses interminables pérégrinations, Chaze pouvait être redoutable.

— Tu peux entrer, dit l'aubergiste, d'un ton bourru. C'est vrai que nous avons du monde et que nous avons à parler affaires. Alors, tu te chauffes, tu manges un morceau et tu vas te coucher au foin.

— J'ai de quoi payer mon écot ! protesta Chaze.

Martin haussa les épaules.

— Nous ne te demandons rien.

Une écuelle de soupe. Une tranche de pain. Un gobelet de vin gris. Chaze s'assit dans le coin de l'âtre qu'occupait précédemment Marie Armand, à une petite table fixée au mur. Il lampait sa soupe à grand bruit, taillait sa tranche de pain au couteau, par petits morceaux qu'il mâchonnait lentement, les yeux perdus dans les flammes de l'âtre, muet. Quand il eut fini son maigre souper, il défit sa large ceinture de cuir et attendit qu'on le questionnât. Une sorte de rituel tacite : on te donne le gîte et le couvert et tu nous racontes des histoires.

— Alors, dit Martin, en se curant les dents avec la pointe du couteau, quelles nouvelles dans le pays ? On n'a pas encore arrêté les brigands de la forêt de Bauzon ?

L'aubergiste faisait allusion à une curieuse affaire dont on parlait dans la contrée. Plusieurs bandes battaient la campagne, aux dires des gendarmes. Ces brigands étaient habillés en femmes et se barbouillaient la figure de suie pour n'être pas reconnus. Ils avaient de bons fusils et savaient s'en servir. On pensait qu'il s'agissait de déserteurs organisés pour couvrir ceux qui allaient voler le bois dans les forêts. Les brigades de gendarmerie étaient sur pied de guerre. Mais allez donc arrêter des ombres au fond des cantons les plus reculés de l'Ardèche !

— Si l'on devait arrêter tous les brigands qui mettent à sac la contrée et s'enrichissent sur le dos des pauvres gens, dit Chaze en fixant Martin, il faudrait bâtir de nouvelles prisons.

Le mendiant s'exprimait dans le rugueux patois du pays de Tanargue. Les mains glissées entre sa chemise et son pantalon comme deux pistolets, les pouces dressés, les yeux plissés dans la lumière du foyer, il savourait le silence que suscitaient ses paroles énigmatiques. Lui qui connaissait bien les hommes, lui qui avait appris, sur un simple regard, sur une parole en apparence banale, à les pénétrer au plus secret d'eux-mêmes, il savait que le diable était en train de procéder au grand dénombrement. Rares étaient ceux, dans ces cantons sauvages, qui n'avaient pas un jour ou l'autre payé leur tribut sur l'autel du sang au démon de la nuit. Chaze, lui, était pur ; il avait toujours refusé les séductions du Malin. Mendiant ? Vagabond ? Certes. Mais homme d'honneur.

On interrogea Chaze sur ses derniers voyages. Il était, quelque temps auparavant, à Lalouvesq, une localité du Haut-Vivarais où il se rendait parfois en pèlerinage sur le tombeau de saint Jean-François Régis, missionnaire exemplaire, qu'il considérait comme son protecteur. Il parla peu. Avec des réticences. Sans doute à cause de l'accueil qu'on lui avait fait.

— Moi, dit Anjolras en s'étirant, je vais me coucher. Alors, Martin, tu me règles mon compte et bonsoir la compagnie !

Martin le prit de haut :

— Ton compte... Ton compte... On va te le régler, n'aie crainte.

— C'est ça, surenchérit la mère Martin, de nouveau hargneuse. Tu règles tout de suite ce que tu lui dois et qu'il disparaisse ! Rochette va lui montrer sa chambre.

— Ma chambre... bredouilla Anjolras. J'ai déjà trop dépensé aujourd'hui. Je vais coucher au foin. On y dort bien en cette saison.

Pierre Martin compta ses écus à Anjolras, à même la table, lorsque Moulin et Raynaud se furent retirés. Le vieil homme les prit, vérifia le compte une fois, puis une autre. Il hocha la tête, plaça la somme dans sa « mite » qu'il fit glisser dans la poche de son gilet, son mouchoir par-dessus. En se levant de table il chancela. Il se sentait mal. Les libations de la mi-journée, ce repas trop lourd, ce vin de Vinezac dont Martin se plaisait à régaler ses amis et la fatigue par-dessus le marché...

— Jean..., dit Martin.

Rochette décrocha une lampe, l'alluma au foyer et fit signe à Jean-Antoine Anjolras de le suivre. Ils montèrent jusqu'à la porte donnant sur la fenière. Le vieillard se laissa tomber tout d'une pièce dans le foin, étendit son manteau sur lui et ferma aussitôt les yeux.

Rochette redescendit, s'installa au coin du feu, en face de Chaze qui fumait sa pipe en silence et suivait d'un œil amusé les câlineries maladroites d'André Martin et de Marie Armand. Une heure environ après le départ d'Anjolras, le mendiant, après avoir bâillé largement et s'être tapé sur les cuisses, annonça qu'il allait à son tour creuser son nid dans le foin.

Quelques minutes après, les paillasses craquèrent dans la salle commune. Puis Marie Martin souffla la chandelle et il n'y eut d'autre lumière que celle du foyer où Rochette, avant d'aller se coucher, avait jeté une grosse bûche qui tiendrait jusqu'au matin.

C'était une nuit comme une autre. Une nuit d'octobre avec quelques foucades de vent d'est qui faisaient parfois tinter une tuile mal fixée. Une nuit épaisse, apparemment vide et déserte, mais hantée par de grandes volées mystérieuses d'ombres qui tournaient au-dessus des forêts, prenaient leur élan, roulaient sur les herbes jaunes de la steppe et venaient s'enrouler autour des maisons avec des grâces de fumées et de fantômes.

***

Chaze s'installe à la barre avec la majesté d'un capitaine à la dunette du navire amiral et prête serment avec autant de conviction que s'il récitait un *Pater noster*...

Le mendiant dormait depuis environ une heure, quand il entendit des bruits de pas et une voix qui disait :

— Attends un peu. Marie va apporter la lumière.

Quand la mère Martin monta à son tour, Chaze reconnut, autour d'Anjolras, Pierre Martin, Jean Rochette et le neveu, André. La mère Martin posa sur le plancher un objet qui ressemblait à une écuelle et d'où montait une vapeur.

Une vision de cauchemar. Autour d'Anjolras étendu dans le foin, les quatre complices se penchaient avec des mines sinistres. Ils parlaient entre eux, tantôt à voix basse, tantôt plus fort, comme s'ils échangeaient des idées de supplice. Une sorte de rituel funèbre dont le vieil Anjolras, abruti de sommeil, n'avait aucunement conscience. Le liquide brûlant que Marie Martin avait apporté avec la lumière dégageait une sorte de vapeur d'encens maléfique qui enveloppait les visages parcimonieusement éclairés par la lanterne et montait se perdre dans les toiles d'araignées de la charpente.

Il y eut un bref silence. Puis la voix de Martin.

— Il va bien falloir le réveiller.

Rochette s'accroupit.

— Eh ! l'homme ! dit-il de sa voix de gardien de vaches, en secouant le bonhomme. Il faut te réveiller, tu entends ?

« Le réveiller ? Pourquoi veulent-ils le réveiller ? » se demanda Chaze qui tremblait de peur dans son trou, à quelques pas de là. Dès qu'ils auraient le dos tourné, il s'enfuirait, seul dans la nuit, laissant derrière lui cette maison maudite contre laquelle il était prévenu depuis longtemps. Serrant les dents, il se dit qu'il était venu donner étourdiment dans la gueule du loup. S'il en réchappait, il ne se priverait pas d'aller raconter sa nuit à Peyrebeille. S'il en réchappait...

Glacé d'effroi, Chaze vit le buste d'Anjolras se dresser au-dessus du foin, pâle comme un marbre qu'on aurait trempé dans un bain, la bouche grande ouverte sur des gencives sans dents, les yeux exorbités, râlant du fond de ses tripes, répétant :

— Que me voulez-vous ? Non... Non... Je veux partir...

Rochette lui administra une tape vigoureuse sur l'épaule et éclata d'un mauvais rire :

— Cesse un peu de gémir et ouvre la bouche le plus grand que tu pourras. Quand tu auras avalé cet élixir, tu te sentiras gaillard comme une jeunesse.

— Non... non... râlait Anjolras. Laissez-moi, de grâce !

— Tenez-le ferme, ordonna Marie Martin. Toi, André, tiens-lui la bouche ouverte. Dépêchez-vous ! Ça va refroidir...

Marie Martin prit le pot par les anses tandis que les trois hommes maintenaient le vieillard, inclinant de force sa tête en arrière. Lentement, elle lui versa le liquide bouillant dans la bouche. A la première gorgée, Anjolras rua, poussa un hurlement lamentable suivi d'un atroce gargouillis.

— Espèce de vieux dégoûtant ! cria la mère Martin. Tu en as mis partout. Vous autres, tenez-le ferme ! Je n'ai pas fini.

Sous les yeux horrifiés de Chaze, le supplice se poursuivit. Le vieil homme avait cessé de se plaindre et de bouger. Il gisait à présent inanimé et ses tortionnaires le contemplaient en silence, comme s'ils veillaient un mort.

« Maintenant, songea le mendiant, ils vont se retirer et me laisser seul avec le cadavre. »

Chaze se trompait. Quelques secondes passèrent, puis un coup sourd retentit, comme un objet lourd qui frapperait un crâne. Il y eut un nouveau gémissement, plus profond que les précédents. Puis de nouveau le silence. Chaze se laissa couler dans sa bauge, les oreilles bourdonnantes de terreur, le front couvert d'une sueur glacée. Il ferma les yeux, fit mine de s'être assoupi.

— ... mais je ne dormais pas, monsieur le président, et je n'en avais guère envie. J'ai vu les deux hommes qui s'approchaient de moi. Je n'en menais pas large. Cette fois-ci, je croyais bien ma dernière heure venue. L'un des deux hommes, que je ne pus reconnaître, se pencha vers moi et dit : « Il dort. Il n'a pas froid. » Oui, monsieur le président, je me souviens très bien de ses paroles. Il faut dire que, mis à part les protestations et les gémissements de la victime, toute cette scène s'était passée assez discrètement.

Il en alla de même pour le deuxième acte de cette tragédie de l'ombre. Du fond de sa cachette, le mendiant ne perdit rien du drame. Cette fois-ci (Chaze en avait la quasi-certitude), le vieillard était mort et bien mort. Maintenant, peut-être, son tour à lui allait venir... Les assassins étant redescendus, il resta seul quelques minutes dans l'ombre totale, à claquer des dents avec ce cadavre à quelques pas de lui.

Puis, de nouveau, il entendit des pas et vit apparaître une lumière.

Rochette et André Martin étaient revenus au chevet d'Anjolras, l'examinaient, le soulevaient, l'un le prenant aux épaules, l'autre aux pieds, non sans peine car le bonhomme, quoique sec, pesait bien son poids de charpente. Ils le descendirent péniblement de la fenière pour le transporter dans la salle commune.

Chaze entendit l'un d'eux qui disait :

— Tiens ferme ! Surtout ne le lâche pas !

Le mendiant passe sa longue main sur sa barbe. Il semble s'abîmer dans ses réflexions.

— Est-ce tout ? interroge le président.

Chaze secoue la tête. Non, ce n'est pas fini.

— Après avoir été témoin de cette scène, je ne pus retrouver le sommeil. J'entendis des voix qui montaient de la salle commune. L'une d'elles disait : « Cette nuit, nous avons fait cent écus ! » Peut-être avaient-ils oublié quelque chose sur le lieu de leur forfait, je les ai vus à plusieurs reprises remonter dans la fenière sans un mot et, chaque fois, avant de redescendre, s'assurer que je dormais bien...

Chaze songea à profiter d'une absence des aubergistes pour tenter d'échapper au coupe-gorge, avant qu'ils ne décident de supprimer le témoin de leur crime.

A tâtons, en silence, il parvint à mettre la main sur l'échelle qui, de la fenière, menait à l'écurie. Il descendit à l'aveuglette, louvoya à travers l'ombre, entre les chevaux, jusqu'à la porte. Il eut beau faire, il ne parvint pas à l'ouvrir.

La mort dans l'âme, il décida de regagner sa place encore chaude dans le foin. Tant qu'à faire, mieux valait que les aubergistes ne surprissent pas sa tentative de fuite. La prudence lui conseilla de jouer les complices passifs. Ce qu'il prit le parti de faire, sans cesser de grelotter et de tenir ouvert dans sa main, prêt à défendre sa vie à tout prix, le mauvais couteau qui lui servait pour ses repas. De toute la nuit il ne ferma l'œil, sursautant au moindre bruit : aboiement d'un chien, piétinement d'un cheval éveillé, craquement d'une marche ou de la charpente.

Dès qu'il perçut un fil de jour au-dessus de sa tête, Chaze se leva. Tout paraissait calme dans la maison. Sur la pointe des pieds, il traversa le corridor pour gagner la salle de l'auberge. En passant près du lit-placard, il se dit que Rochette dormait encore, mais il faillit hurler en voyant une main surgir des plis sales du rideau et lui agripper le bras.

— Où vas-tu de si bon matin ? demanda Rochette.

— Je... je vais payer ce que je dois pour cette nuit, bredouilla Chaze, le souffle coupé.

— Ce n'est pas dans les habitudes de la maison, dit Rochette en lâchant le bras du mendiant et en faisant basculer ses lourdes jambes par-dessus le rebord de son lit.

Il ajouta, en passant sa main de tueur sur son visage couleur de terre :

— Une auberge hospitalière comme la nôtre ne fait pas payer ceux qui couchent au foin. As-tu bien dormi, au moins ?

Chaze répondit qu'il était trop fatigué pour avoir entendu quoi que ce soit. On aurait pu tirer le canon...

— C'est bien sûr ? insista Rochette en se penchant vers lui.

Chaze se contenta de secouer énergiquement la tête. Il craignait que sa voix ne le trahît.

La salle de l'auberge sentait le feu de bois et l'odeur de la pâtée que la mère Martin était en train de préparer pour les pourceaux. Une buée de soleil irradiait les vitres des étroites fenêtres. Marie Armand avait déjà repris ses travaux de ravaudage avant les grandes lessives d'automne. Chaze inspecta discrètement la pièce, cherchant Martin et le neveu. Tous les lits étaient vides. Les deux hommes devaient déjà travailler aux champs. Ou ailleurs.

Quant à Anjolras : aucune trace de son corps.

Une nouvelle fois, Chaze proposa de payer son écot. D'un grognement, l'aubergiste refusa. Le mendiant prit sa canne, son balluchon et s'en fut sur la route de Lanarce.

Petit Poucet en haillons, Chaze allait, durant le trajet de Peyrebeille à Thueyts où il devait faire halte le soir venu, semer bribe à bribe le récit de sa terrible nuit. Un peu dans une oreille, un peu dans une autre. Ce n'est qu'une fois arrivé à Thueyts où il trouva asile chez une dame Bompoix qu'il se laissa aller à faire le récit complet du drame auquel il avait assisté.

***

— Naturellement, dit le président, l'idée ne vous est pas venue de vous présenter à la gendarmerie pour raconter les faits auxquels vous avez assisté ? Pourquoi ?

Chaze baisse la tête. Son visage se ferme. Le président soupire, résigné, et poursuit :

— Non seulement vous ne vous êtes pas rendu à la gendarmerie, mais il a fallu des mois de recherches dans toute la province pour arriver à mettre la main sur vous. Et cela quelques jours seulement avant le début des assises. Vous le saviez pourtant : votre témoignage est capital. Vous avez ainsi entravé l'action de la justice. En êtes-vous conscient ?

Nouveau silence de Chaze. Le président a hésité entre deux termes : « entravé » et « compromis ». Il a réfléchi à temps. Chaze n'a nullement compromis l'instruction de ce procès ; sans lui, sans son témoignage, il n'y aurait pas eu de procès, l'assassinat d'Anjolras, dont il a été l'unique témoin, constituant le seul fait précis sur lequel puisse valablement s'appuyer l'accusation. Chaze ne l'ignore pas. C'est cette certitude qui l'autorise, malgré les reproches du président, à conserver cette sérénité un peu crispée, ce mutisme confortable.

Chaze a parlé pendant près de trois heures. Son audition aurait pu durer plus longtemps encore, sans lasser la cour et l'assistance. Durant toute cette déposition, corroborée point par point par la dame Bompoix, les quatre prévenus n'ont pas bronché. Ils semblent écrasés par la lassitude et l'ennui. Hier encore, ils pouvaient se dire que ce procès ne reposait sur rien de sérieux, que si Chaze, au dernier moment, faisait faux bond, les jurés n'auraient à délibérer que sur des racontars. Et voilà que cet homme jaillissait à la barre comme un diable de sa boîte et leur jetait ses accusations au visage avec cet « accent de vérité » que devait souligner le président.

Seul, André Martin paraît nerveux, bien qu'il soit à peu près certain de la clémence du jury à son égard : un certificat favorable des autorités de Lanarce vise à le disculper... Jean Rochette, le « nègre », dort ou fait semblant. La mère Martin paraît figée dans sa résignation ; seul son regard semble vibrer encore dans ce long visage de cire jaunâtre, amaigri, marqué par les colères et les chagrins. Lorsque le président l'interroge, elle se contente de répondre, d'un air méprisant :

— C'est faux ! Tout ce que raconte cet homme est faux !

Quant à Pierre Martin, il est le seul des quatre accusés qui paraisse véritablement concerné par l'affaire Anjolras. Il sait que sa tête, et peut-être la sienne seulement, se joue sur le témoignage de cet homme. Pierre Martin veille. Nerveux, anxieux, tendu, grattant d'un geste machinal les petites verrues au-dessus de ses sourcils gris, glissant des regards de loup traqué vers le témoin ou la cour, faisant front maladroitement quand il se sent poussé à bout.

— Cet Anjolras dont parle Chaze, je ne le connais même pas, monsieur le président. J'affirme que, de ma vie, je ne l'ai jamais vu. Alors, pourquoi est-ce que je l'aurais assassiné ?

Le président contient à grand-peine la houle qui monte de l'assemblée. Il parvient mal à se contenir lui-même tant ce système de défense lui semble absurde :

— Mais enfin, Martin, vous niez l'évidence ! Des témoins sont venus affirmer qu'ils avaient rencontré Anjolras. Il leur a confié qu'il se rendait chez vous pour vous réclamer le montant d'une créance. Anjolras vous a même rencontré à la foire de Saint-Cirgues ! Et ce petit berger qui est venu déposer avait lui aussi vu Anjolras pénétrer chez vous, la nuit du crime ! Martin, en vous obstinant à nier, vous bafouez la justice !

Indigné, maître Croze se dresse au prétoire.

— L'évidence est aveuglante, monsieur le président : cette déposition est un tissu d'invraisemblances et de mensonges ! Je demande que l'on introduise un témoin capital.

— Vous voulez parler de Marie Armand, maître ? Soit. Mais auparavant, nous avons deux autres témoins à entendre.

Le président fait entrer Jean Raynaud et André Moulin, journaliers agricoles de passage à Peyrebeille, deux bons bougres qui racontent ce qu'ils ont vu et entendu. Ils ont vu Anjolras, Chaze et Marie Armand, en train de coudre au coin du feu, le soir du « crime ».

Marie Armand leur succède. L'assistance fait silence en la voyant paraître, pâle, souffreteuse, un peu voûtée mais l'air assuré. Son premier regard est pour André Martin et le jeune homme se cramponne à la main courante comme s'il allait se lever. Elle s'avance à la barre, y pose avec décision les mains, redresse le buste.

— Exprimez-vous clairement, conseille le président. Votre déposition, vous le savez, est capitale. Veuillez nous dire si les deux témoins qui vous ont précédée ont dit la vérité.

Marie Armand secoue la tête :

— Ces gens-là ont deux âmes et ils peuvent en sacrifier une. Quant à moi, monsieur le président, je n'en ai qu'une. Je ne veux pas la perdre mais la sauver.

— Vous voulez dire que vous ne connaissez pas cet homme : Laurent Chaze.

— Je le vois aujourd'hui pour la première fois.

— Vous n'étiez donc pas chez les Martin le soir où Jean-Antoine Anjolras a disparu ?

— J'étais à Saint-Cirgues, dans ma famille.

Des huées d'indignation montent de la salle. Le procureur du roi menace :

— Marie Armand, je vous mets en garde contre un faux témoignage. Raynaud et Moulin affirment vous avoir vue. Ils n'ont aucun intérêt à travestir la vérité. Allons ! vous niez pour couvrir vos employeurs, avouez-le... Etes-vous disposée à nous dire enfin la vérité ?

Le président modère le feu du procureur.

— Marie Armand, une dernière fois, et toujours sous la foi du serment, niez-vous avoir été travailler chez les Martin le 12 octobre 1831 ?

— J'affirme que j'étais à Saint-Cirgues, monsieur le président.

La voix est à peine audible. Marie est sur le point de craquer. Tous ces regards qui la détaillent, la fouillent, le traquent, toutes ces paroles menaçantes ou insinuantes l'acculent à sa conscience et à sa vérité, la pressent pour qu'elle s'y fonde et s'identifie à elle, pour qu'elle devienne comme l'image de la vérité. De la vérité et de la justice. Elle répète :

— Ce n'était pas moi ! Ce n'était pas moi. Chaze a dû me confondre avec une autre.

Chaze se redresse, s'avance vers la jeune fille, lui met la main sur l'épaule et proclame sentencieusement :

— C'était bien toi !

Il la reconnaît. Ils ont longuement parlé ensemble. Elle lui a raconté ceci et cela. Elle n'avait d'yeux que pour son promis : le neveu des Martin.

Marie Armand se tait. Elle se contente de secouer la tête. Lorsqu'on vient la prendre par le bras pour lui faire quitter la barre, elle marche à reculons et ne quitte pas du regard André Martin.

André Martin qui sourit tranquillement et qui la laisse partir sans la regarder.

Pour la première fois depuis le début de l'audience, le sixième jour, Marie Martin sourit. Un sourire de mépris. Un sourire de triomphe. Brave petite lingère ! Elle n'a pas trahi ses maîtres.

« Nous allons confondre tous ces gens qui cherchent à nous accabler, songe Marie. Demain, on nous rendra la liberté et nous reviendrons vivre nos derniers jours dans la paix à Peyrebeille. Nous y arriverons à point pour les lessives de l'automne. Après ces dix-huit mois interminables, comment allons-nous trouver la maison ? Jeanne-Marie aura-t-elle pris soin de tout ? Elle n'a aucune pensée pour Marguerite, indifférente au sort de ses parents et que la honte tient éloignée d'eux. Marguerite et son mari qui jouent les hobereaux à La Fayette. Cette fille de rien, cette traînée, cette...

La rumeur de la salle d'audience monte, degré par degré. Comme ces grands vents d'Auvergne que l'on entend d'abord murmurer au fond des vallées, qui grondent en remontant les pentes, font onduler sur les prairies des écailles d'herbe jaune, brassent les lointaines forêts, couchent les genêts et les ajoncs comme sous le galop d'un cheval fou avant d'éclater comme un orage au-dessus du hameau.

3.

UN CADAVRE AU PIED D'UNE FALAISE

Contrairement à beaucoup d'autres, la disparition de Jean-Antoine Anjolras n'était pas passée inaperçue.

Dès le 13 octobre au matin, ne le voyant pas revenir, deux de ses neveux avaient quitté Saint-Paul-de-Tatras, pour tâcher de le retrouver. Ils poussèrent jusqu'à Saint-Cirgues-en-Montagne, interrogèrent des gens, remontèrent degré par degré la filière, parvinrent jusqu'à l'auberge de Pierre Martin. Là, personne n'avait vu le dénommé Anjolras. Encore moins entendu parler de cette histoire de génisse perdue.

— Il ne peut y avoir que deux solutions, dit Jean-Baptiste Anjolras, de La Fayette, l'un des neveux du disparu. Ou notre oncle s'est égaré dans la montagne à la recherche de sa génisse, ou bien il a été victime d'une agression. Peut-être à Peyrebeille...

— Dans tous les cas, dit le second neveu, Jean Anjolras, des Affernets, notre devoir est clair. Il faut prévenir la gendarmerie.

C'est M. Filiat-Ducros, juge de paix cantonal en résidence à Coucouron, qui fut commis pour mener l'enquête sur la disparition d'Anjolras.

Le magistrat, accompagné d'un peloton de gendarmes, se présenta à l'auberge de Galland peu avant le déjeuner. Il commanda un bon repas et lui fit honneur. Alors qu'il tirait sa pipe de sa poche, il entendit une rumeur qui venait de la cour et vit arriver un personnage qu'il connaissait bien : le maire de Lanarce, accompagné d'une troupe de garnements de la commune qui menaient grand bruit et brandissaient des armes. M. Filiat-Ducros fronça le sourcil lorsqu'il les vit envahir l'auberge.

— Nous venons réclamer justice ! dit le maire.

— Vous êtes bien pressé, répondit le magistrat en allumant tranquillement sa pipe à un tison. La justice n'aime guère qu'on lui force la main. Renvoyez ces énergumènes et nous pourrons, vous et moi, travailler, si vous voulez bien me prêter votre concours.

Le maire fit sortir sa troupe, s'entretint avec les meneurs. Le magistrat de Coucouron les vit avec satisfaction s'éloigner.

— Et maintenant, dit-il, du même air paisible, travaillons, monsieur le maire, mais, avant, buvez un gobelet de ce vin de Vinezac. A la bonne vôtre !

Quand ils eurent trinqué et bu, ils convoquèrent l'aubergiste, lui posèrent quelques questions, demandèrent à visiter les lieux. Mais, comme l'après-midi tirait à sa fin, ils repartirent, chacun de leur côté, sans avoir découvert le moindre détail suspect. Il était trop tard pour se rendre chez les Martin. Le maire de Lanarce, connaissant le caractère abrupt de l'aubergiste et de sa femme, ne tenait pas, même en compagnie du magistrat et d'un peloton de gendarmes, à braver leur colère. D'ailleurs, à quoi aurait servi cette opération vexatoire à l'encontre de ces honnêtes propriétaires, retirés pratiquement des affaires. Et pourquoi? Pour la disparition d'un ivrogne perdu dans la montagne. L'opinion du maire, comme sans doute celle du juge, était faite : un jour prochain, on retrouverait le cadavre du malheureux Anjolras au fond d'un ravin. Parler dans ce cas d'une affaire criminelle? Absurde. Absurde et dangereux.

Dans la nuit qui suivit cette double visite à Peyrebeille, il devait se passer des événements insolites sur le plateau, ainsi que devait en témoigner devant ses proches et amis un certain Claude Pagès, dit Lair ou Le Loir suivant les chroniqueurs.

Pagès était un petit « rayol » des environs de Mayres. Monté sur son âne, il était allé ce jour-là vendre ses pommes à la foire de Pradelles et s'en retournait, somnolant, bien emmitouflé dans sa pelisse. La nuit était sombre, mystérieuse, pleine de ces mauvais frissons qui laissent augurer quelque événement singulier. Et Pagès, peu courageux de nature, sentait les filets de la peur se resserrer sur lui à mesure que sa monture le rapprochait de Peyrebeille. Un phénomène inexplicable, qu'il avait souvent éprouvé dans ces parages sauvages sur lesquels on racontait des histoires épouvantables.

Tout en cheminant, les flancs de son âne bien serrés entre ses genoux, Pagès se disait que la nuit ne se passerait pas sans qu'il lui arrive une aventure. Il avait beau fermer les yeux, chantonner dans sa barbe, se dire qu'il s'inquiétait en vain, cette certitude s'imposait à lui et l'agitait de sinistres pressentiments.

Il fut donc à peine surpris, lorsqu'il perçut, à quelques pas de lui, comme surgissant de la gueule noire d'une tourbière, un singulier cortège qui se détachait couleur d'encre sur le fond légèrement phosphorescent de la steppe. Il se dit que ce serait une bonne chose si cette terre maudite s'ouvrait soudain pour le faire disparaître. Mais il resta là, cloué sur place, attendant que le cortège fût arrivé à sa hauteur.

Sa première pensée fut qu'il s'agissait d'un de ces mystérieux trafics de démons et de fantômes en route pour le sabbat. Peut-être la « chasse volante » sur le point de prendre son envol. Le sang glacé par la terreur, il vit le cortège funèbre se rapprocher sans ralentir sa course. Il observa qu'il se composait d'un cheval portant une charge en travers de son échine et de trois hommes. Quand les ombres se furent suffisamment rapprochées de lui, il tressaillit en découvrant la nature de la charge portée par le cheval : un cadavre dont la tête et les pieds pendaient de chaque côté de la selle.

Pagès se signa d'une main tremblante et dit d'une voix blanche :

— Mon Dieu ! Un cadavre !

Le cortège marqua un temps d'arrêt en voyant cette ombre surgir de la tourbière et en entendant cette voix sans visage ; l'un des spectres se détacha du groupe. Pagès, grelottant de peur, le vit mettre la main à sa poche et en tirer un couteau dont la lame brilla une fraction de seconde à travers la nuit.

— Qui es-tu ? Où vas-tu ? demanda l'homme au couteau.

Pagès, la gorge nouée, fut incapable d'articuler une réponse. L'homme poursuivit :

— Ecoute bien ! Qui que tu sois, tu as intérêt à tenir ta langue, sinon on te fera passer le goût du pain. Un seul mot aux gendarmes, et couic !

Pagès chancela sur sa monture en voyant l'éclat de la lame se porter horizontalement au niveau de son cou.

— Alors, reprit l'homme au couteau, que les autres venaient de rejoindre, tu ne veux toujours pas nous dire qui tu es et où tu vas ?

Pagès, pour toute réponse, piqua son bourricot et lança un coup de sifflet strident. La monture partit au galop à travers la steppe au risque de heurter un rocher ou de dégringoler dans une fondrière. Pagès ne la retint qu'un peu plus loin et quand il fut certain qu'aucun des voyageurs de la nuit ne s'était lancé à sa poursuite. Haletant, le sang aux tempes, il se coucha sur l'encolure de l'animal et se laissa porter par son compagnon de route qui, fort heureusement, connaissait le chemin du village.

Rentré chez lui, à Mayres, Claude Pagès se coucha. Le lendemain, il lui fut impossible de se lever.

Dévoré de fièvre, il délirait. Dès qu'il fut en mesure de parler, il raconta son aventure. Léon Astier recueillit ses confidences.

— Pour mon ami Claude Pagès, dit-il, il n'y avait que deux solutions : ou c'était le diable et son train, retour d'un cimetière voisin où il venait de voler un cadavre ; ou c'était l'aubergiste de Peyrebeille, son domestique et son neveu, dont les démons auraient d'ailleurs pu prendre l'apparence. En dépit de l'obscurité, il a bien reconnu les trois hommes et identifié leur sinistre chargement.

Claude Pagès ne devait jamais se relever des émotions de cette nuit-là. Il mourut quelques semaines plus tard, le 20 novembre. Il avait trente-neuf ans.

A cette date, et depuis près d'un mois, le cadavre d'Anjolras avait été découvert.

***

Le 26 octobre, des pêcheurs longeaient une rive de l'Allier. Il était environ neuf heures du matin et ils se trouvaient dans les parages de Ron-Courbier, une haute falaise au pied de laquelle coule la rivière, lorsque leur parvint une insistante odeur de putréfaction. Ils cherchèrent d'où elle venait et finirent par découvrir un cadavre entièrement vêtu, retenu par des piquets plantés dans le cours de la rivière. Ils ne furent pas longs à comprendre, il s'agissait du corps de Jean-Antoine Anjolras qui, occupé à chercher sa génisse, était tombé du haut de la falaise.

Prévenus par leurs soins, les deux neveux de la victime se portèrent immédiatement sur les lieux.

Malgré l'état de décomposition avancée du cadavre, il leur fut aisé de reconnaître leur oncle.

Le maire de Lespéron se présenta, encadré d'une escouade de gendarmes nationaux qui formèrent un cordon autour du cadavre en attendant l'arrivée des magistrats. Une nouvelle fois, on avait fait appel à maître Filiat-Ducros, juge de paix à Coucouron, qui survint accompagné d'officiers de santé et rédigea sur place son rapport :

« *Les médecins ont constaté, à la partie droite latérale et un peu postérieure de la tête, une forte blessure ayant occasionné un épanchement assez considérable de sang. C'était le résultat certain d'un coup porté avec un instrument contondant.*

Les genoux avaient été fracassés par de très forts coups portés par un instrument fort dur, comme marteau, barre de fer, mais ces deux parties présentaient des phénomènes entièrement opposés. Ainsi le genou droit, découvert de ses enveloppes, laissait entrevoir la rotule... La membrane séreuse qui la recouvrait, le tissu cellulaire, là assez abondant, les muscles voisins, surtout ceux de la cuisse, étaient remplis de sang, tandis qu'au genou gauche, dont la rotule était à peu près dans le même état que l'autre, il n'y avait aucun engorgement dans les tissus voisins, qui étaient blancs et dans leur état naturel.

Les médecins ont été convaincus que cette dernière lésion avait été faite assez longtemps après la mort, tandis que celles qui auraient divisé la rotule droite et fracassé les bras de la victime, étaient le résultat de coups portés sur l'individu pendant la vie, auxquels il avait dû survivre pendant plusieurs heures et peut-être plusieurs jours.

De toutes les observations, ils ont conclu qu'il y avait eu mort violente et qu'elle ne pouvait être attribuée ni à l'asphyxie, ni à une chute.

Ils ont également pensé que la fracture du genou avait été récemment faite, pour faire croire que la mort était le résultat d'une chute.

Par l'état de putréfaction du cadavre, par la présence de vers aux blessures des poignets, ils ont estimé que la mort remontait à douze ou quinze jours. »

— Etrange, dit Maître Filiat-Ducros, cette affaire rappelle l'assassinat de Dufaux, il y a sept ans environ, sur le bord de l'Ardèche. Un coup de Brun l'Enfer ou de l'un de ses acolytes.

Le maire de Lespéron opina :

— Cela rappelle également l'affaire Souchon, beau-frère de Dufaux. On a retrouvé son cadavre au pied d'une falaise, sur le bord de la Fontaulière. Il avait trop bavardé sur la mort de son beau-frère.

Maître Filiat-Ducros se gratta la barbe.

— Curieux... Curieux... N'est-ce pas ce Brun l'Enfer qui, montant à la guillotine, déclara face à la foule : « On tue l'Enfer mais on laisse vivre le Diable ? » Ce Diable, selon vous, vit-il toujours et qui peut-il être ?

Le maire de Lespéron hocha la tête et ne répondit rien. Homme prudent, il connaissait le prix du silence.

C'est un nommé Auguste Doulin qui fut chargé par le magistrat de Coucouron de transporter au siège les pièces à conviction. Peu de chose en vérité : quelque cent soixante francs que la victime portait dans une « mite » de laine glissée dans la poche de son gilet, avec quelques gros sous, des pièces blanches, une clef et un couteau.

Passant par Peyrebeille, le messager s'y heurta à Pierre Martin qui l'aborda en ces termes :

— Alors, l'ami, que dit-on de cette affaire, à Lespéron ?

L'homme ne se démonta pas et répondit tranquillement :

— Certains vous accusent déjà d'avoir assassiné Anjolras.

Pierre Martin haussa les épaules.

— Balivernes ! Comment pourrait-il y avoir assassinat puisque l'on a retrouvé l'argent qu'Anjolras portait sur lui ?

— Bigre ! dit finement Auguste Doulin, vous êtes bien renseigné, maître Martin. On vient seulement, il y a deux heures, de retrouver le magot en fouillant les poches du cadavre. Les nouvelles vont bon train dans le pays...

Peu à peu, les langues se déliaient, les regards se tournaient avec de plus en plus d'insistance vers les aubergistes. A mots couverts, en famille, puis entre connaissances, enfin devant des hommes de loi et des gendarmes, on se laissait aller aux confidences. Tout ce qu'on savait des Martin, on le disait. Ou tout ce qu'on avait entendu dire...

C'est Jean Testud, le journalier de Banne, qui vint parler de ce membre rigide qu'il avait dégagé de la cuve de son, au fond de la cave ; c'est Laurent Chaze qui semait des bribes d'histoires dans les cabarets, comme les morceaux d'un puzzle que chacun cherchait à reconstituer ; c'est le voiturier

Léon Astier qui répétait à qui voulait l'entendre l'histoire du cadavre jeté en travers du cheval, qu'il tenait de son ami Pagès ; c'est la « veuve » de la victime (en fait sa concubine), qui faillit tomber en syncope en retrouvant chez les Martin le manteau d'Anjolras ; c'est Rose Ytier, Catherine Vocanson, Antoine Bonnefoy et bien d'autres...

Chacun tissait un élément du filet qui, lentement mais sûrement, se resserrait autour du maître de Peyrebeille.

Quant à la vachette d'Anjolras, elle était sans doute allée rejoindre sur les immensités désertes de la lande de Peyrebeille le cheval à la queue coupée du marchand juif, prenant ainsi place dans le bestiaire fabuleux, mi-histoire, mi-légende, du pays cévenol.

4.

AU NOM DE LA LOI !

Les brouillards de novembre commençaient à peser sur le plateau lorsqu'une colonne de dix gendarmes à cheval, venant d'Aubenas et commandée par un jeune lieutenant, parvint en vue de La Chavade, peu avant Lanarce. Plutôt de la fumée. Le lieutenant écarquilla les yeux et commanda de forcer l'allure : il venait de constater que des clartés rougeâtres, qui n'étaient pas celles du crépuscule, accompagnaient le panache de fumée.

La colonne acheva au trot le reste du chemin, dans un cliquetis de sabots et de buffleteries, et s'arrêta devant l'auberge de La Chavade. La bâtisse était en train de brûler. De même que la scierie voisine. Les deux bâtiments appartenaient à un Parisien, M. Lemaire. Le sinistre avait trouvé là un aliment de choix et il progressait allégrement.

Le brigadier Richebourg, commandant la nouvelle brigade de Lanarce, salua son supérieur en se portant à six pas de lui.

— Par exemple ! s'exclama-t-il. Qui donc a bien pu vous prévenir de cet incendie ?

Le lieutenant descendit de cheval.

— Venez un peu à l'écart avec moi, brigadier, dit-il. J'ai deux mots à vous dire. Vous imaginez bien que ce n'est pas pour sauver cette masure et ces quelques planches du sinistre que nous sommes ici. Nous avons reçu un mandat d'amener contre Pierre Martin, l'aubergiste de Peyrebeille, son domestique Jean Rochette et le neveu, André.

Le brigadier ne put réprimer un mouvement de surprise.

— Un lieutenant et dix hommes pour arrêter ces trois citoyens ! Bigre, vous n'y allez pas de mainmorte !

— Cela vous surprend ?

— Oui et non. Martin passe pour un homme violent. Quant à Rochette, ce n'est pas un modèle de douceur. Mais dix hommes !

Le lieutenant posa la main sur l'épaule du brigadier. Ils firent encore quelques pas ensemble.

— Nous avons notre petite idée, dit le lieutenant. Si Martin s'est vraiment rendu coupable de tous ces crimes, il est difficile d'admettre qu'il n'ait pas eu, en plus de Rochette et du neveu, d'autres complicités. Qui vous dit que ce n'est pas un redoutable chef de bande ? Pouvez-vous affirmer, qu'au retour, on ne va pas nous tendre un guet-apens ? Il se passe de drôles de choses dans ce pays.

Ce luxe de précautions dont les gendarmes s'entouraient, le brigadier les comprenait mal. Certes, les commérages, les accusations directes allaient bon train contre la famille Martin, mais les gendarmes de Lanarce et d'ailleurs avaient toujours entretenu d'excellents rapports avec les gens de Peyrebeille. Ils s'arrêtaient fréquemment pour vider une pinte au cours de leurs tournées d'inspection ; certains même, comme le gendarme Coquet, étaient très liés avec les aubergistes...

— Vous dites le gendarme Coquet ? Où se trouve-t-il ?

Le brigadier montra un grand diable en train d'aider les sauveteurs à faire circuler les seilles pleines d'eau et qui en profitait pour faire le joli cœur avec une voisine de chaîne.

— Coquet, dit le brigadier, doit recevoir les Martin ces jours prochains, à Lanarce.

— Alors, dit le lieutenant, c'est lui, sous votre commandement, qui devra arrêter les aubergistes. Ils se méfieront moins. Nous vous escorterons jusqu'à Peyrebeille. Avec la nuit et le brouillard nous nous ferons moins remarquer.

Il ajouta en tapant amicalement l'épaule du brigadier :

— Je sais que je vous demande, à vous et à votre subordonné, une mission déplaisante. Mais je compte sur vous. Allez ! Rassemblement, tout le monde en selle !

***

Les gendarmes qui avaient participé au sauvetage n'avaient pas eu le temps de se laver le visage et les mains. Tout charbonneux encore, de la suie dans les moustaches, le fond des pantalons humide, l'uniforme constellé de cendres, ils se déployèrent dans le brouillard autour de la maison du Coula que signalait une discrète touche de lumière : une fenêtre derrière laquelle tremblait un lumignon. Un chien aboya férocement près du seuil sans que personne bougeât dans la demeure.

— Nous allons les cueillir au nid, dit le lieutenant. Brigadier, partez en éclaireur avec Coquet et tâchez de convaincre les trois prévenus de vous suivre sans histoire. En cas de besoin, vous appelez. Exécution !

Coquet dut frapper à plusieurs reprises avant que la mère Martin consentît à lui ouvrir la porte. Elle était sur le point de se mettre au lit et avait rapidement jeté sur ses épaules un châle de laine rude.

— Toi, Coquet, à cette heure ?

— Martin est-il là ? demanda le gendarme en achevant d'entrer.

— Il est au lit. Ce soir, il s'est couché de bonne heure car il est fatigué. Il supporte mal les premiers froids. Que lui voulez-vous ?

— Nous voudrions lui dire deux mots, dit jovialement le gendarme. Ce ne sera pas long. Voici le brigadier Richebourg qui m'accompagne.

La mère Martin s'effaça pour les laisser entrer. Elle montra du menton le lit où reposait Martin. Le bonnet de laine brune bougea sur le traversin et le visage livide de l'aubergiste apparut. Il se souleva sur ses coudes.

— Que diable venez-vous faire chez moi à cette heure ? bougonna-t-il. Je commençais tout juste à me réchauffer...

Il écarta les draps, de fort mauvaise humeur, commença à se rhabiller, non sans quitter de son œil soupçonneux les visiteurs. Au-dessus de ses sourcils, ses verrues faisaient boule. Il ôta son bonnet, s'avança, les bras croisés sur la poitrine, pestant contre les rigueurs de la saison.

— Vous boirez bien un verre de vin chaud ? demanda-t-il.

Les gendarmes baissèrent la tête en regardant la pointe de leurs bottes.

— Alors, Coquet, dit Martin. Tu n'es guère bavard aujourd'hui. Tu es venu pour me rappeler ton invitation à dîner pour demain soir ? Mais peut-être que, devant un supérieur, tu n'oses pas en parler ?

— Non, dit Coquet. Vous vous trompez, maître Martin. Mais, dites-moi, où sont votre domestique et votre neveu, André ?

Martin fronça les sourcils. André était couché à l'étage, Rochette était allé à Chamblazère, chez des parents, pour aider à l'arrachage des pommes de terre. Il n'allait plus tarder à rentrer.

— Qu'est-ce que vous leur voulez ? Hein ? Eh bien ! Parlez, nom de Dieu ! On vous a coupé la langue, à tous deux ?

Coquet se dandinait d'un pied sur l'autre, au comble de l'embarras, tordant ses gants comme pour les essorer.

— Ça me gêne de vous dire ça tout crûment, maître Martin, finit-il par expliquer. Nous avons ordre de vous conduire à Aubenas. Suivez-nous sans faire d'histoire. Ça vaudra mieux pour vous.

— Vous suivre ! s'exclama Marie Martin. Comme ça, en pleine nuit, avec ce froid et ce brouillard ?

Elle cogna du poing sur la table.

— Vous n'avez pas le droit de l'emmener ainsi. Mon homme est fatigué et malade. Revenez demain !

— C'est impossible ! gémit Coquet. C'est ce soir que nous avons ordre de le ramener, ainsi que Rochette et André. N'est-ce pas, brigadier ?

Le brigadier se contenta de hocher gravement la tête.

— C'est toi qui parles ainsi, Coquet ! rugit la mère Martin. Toi qui te disais notre ami ! Si on te donnait l'ordre de nous exécuter, tu le ferais sans sourciller, hein ?

Le rouge était monté brusquement au visage du gendarme.

— Allons, cessez cette comédie, dit-il fermement, en s'avançant vers le père Martin. Finissez de vous habiller et suivez-nous.

— Non ! s'écria Martin, je ne te suivrai pas. Traître !

Il l'écarta d'un geste si brutal que le gendarme faillit s'entraver dans son sabre et s'affaler sur la table. Le brigadier le rattrapa au bon moment. Ayant retrouvé leurs esprits, les deux gendarmes se ruèrent sur Martin. Il leur faisait front, solidement campé sur les jambes, le couteau ouvert dans la main droite.

— N'approchez pas ! dit-il. Ou sinon...

Il appela :

— André !

Un pas rapide dégringola l'escalier. Le neveu s'était prestement rhabillé. Un pan de sa chemise dépassait encore du pantalon. Saisissant une chaise qui se trouvait à sa portée, il la brandit au-dessus de sa tête.

— Pas de bêtises ! cria Coquet. La maison est cernée !

Tandis que Coquet maintenait les forcenés en respect avec son pistolet, le brigadier appelait le lieutenant à la rescousse. La porte s'ouvrit à toute volée. Sabre au clair, des gendarmes envahirent la salle commune dans une fumée de brouillard qui entrait à leur suite. On entendait au-dehors le chien aboyer, hennir les chevaux, cliqueter les harnais, parler entre eux d'une voix forte des hommes restés dans l'ombre. Les gendarmes qui venaient d'entrer se portèrent vers Martin et son neveu et les acculèrent au lit du fond, la pointe de leur sabre sur la gorge.

— Vous pouvez rengainer ! s'écria le lieutenant. Passez les menottes à ces gaillards.

Il se tourna vers Richebourg, s'étonnant de l'absence de Rochette, et décréta qu'on se porterait à sa rencontre.

Le brigadier ouvrit grands les yeux.

— En pleine nuit ? Avec ce brouillard ? Il y a de grandes chances pour que nous ne le trouvions pas, surtout s'il prend des traverses !

— Il ne faut pas qu'il nous échappe. Partez avec quatre hommes.

Les cinq gendarmes partis, la porte refermée, on ranima le feu d'une brassée de « bourrée » sur laquelle on jeta, une fois prise, une grosse bûche. Puis l'interminable veillée commença. La nuit refermait son cocon de feutre sur la demeure. C'est à peine si, le nez sur la vitre, on pouvait apercevoir les gendarmes en faction. Marie Martin avait tenté d'en apprendre davantage sur les raisons de cette expédition, mais elle s'était heurtée au mutisme du lieutenant. De guerre lasse, elle avait fini par s'endormir, la tête dans ses bras repliés sur la table, refusant de se coucher, comme le lui conseillait Martin. De temps en temps, elle s'éveillait en sursaut, parcourait d'un regard morne la salle commune, comme si elle découvrait soudain le sinistre spectacle de Pierre et d'André enchaînés à leur siège, des gendarmes muets en train de battre la carte ou de somnoler, ceinturon défait, le sabre en travers des cuisses. Le dos au foyer, elle tremblait, malade de froid, de fatigue, d'angoisse. Mais bientôt son visage se durcissait, prenait une expression méprisante, paraissait se refermer sur sa solitude et sa colère.

Rochette se laissa arrêter sans broncher, surpris simplement d'un tel déploiement de forces (cinq gendarmes à cheval!) pour s'assurer de sa modeste personne. Il se contenta de grogner tout le long du chemin comme une bête prise au piège, posant des questions, ne recevant aucune réponse.

En arrivant à Peyrebeille, il avait eu un recul en constatant que l'auberge était investie comme une forteresse, avec un gendarme posté à chaque issue et des sentinelles pour surveiller les abords. Comme si l'on était venu s'assurer de chefs de bande. Exactement, comme si l'on craignait que cette opération de police fût compromise par une attaque surprise destinée à délivrer les prisonniers. Cela s'était fait déjà, il n'y avait pas si longtemps.

Un timide soleil de novembre s'écartelait derrière la brume dense du matin lorsque la colonne se mit en marche, les trois prisonniers reliés aux selles des gendarmes par des cordes à bœufs.

— Emmenez-moi aussi ! s'était écriée Marie Martin.

— Une autre fois, peut-être, lui avait répondu le brigadier Richebourg en lui soufflant au nez la fumée de sa pipe. Patience !

Avant de rejoindre la colonne, Pierre Martin lui avait dit :

— Sois courageuse, femme. Prends bien soin de tout dans la maison. Jeanne-Marie pourra t'aider au besoin. Tâche que tout soit en ordre dans la demeure et dans les champs quand je rentrerai. Ce sera sans tarder.

Suivie du chien de la maison, Marie accompagna la colonne jusqu'à ce qu'elle fût en vue de Lanarce. Avant de s'en retourner, elle manifesta le désir d'embrasser son mari. Un gendarme la repoussa avec la pointe de sa botte. Elle l'injuria. Puis, tandis que la colonne poursuivait son chemin, elle grimpa sur une butte et resta là, plantée comme un arbre foudroyé. Lorsque le gendarme à cheval qui fermait la marche eut disparu, elle tendit le poing en direction de l'escorte, et seuls les corbeaux et le vent noir du plateau purent entendre ses injures.

5.

LE LABYRINTHE AUX FANTOMES

Parfois, le bon M. Ollivier, juge d'instruction à Largentière, se prenait la tête à deux mains, les deux coudes sur son bureau, de chaque côté du dossier qui croissait de jour en jour. Tantôt c'était une vieille paysanne qui, entre deux prises de tabac, d'un air mystérieux, lui racontait une histoire à dormir debout. Le lendemain, un magistrat des environs, un notaire ou un riche marchand venaient protester de l'innocence des Martin : des gens si riches, si convenables, qui ne manquaient jamais une messe dominicale, donnaient aux œuvres, savaient accueillir leurs amis et connaissances, un peu bourrus parfois, il est vrai, mais...

Un autre jour, c'était un obscur « pagel » des environs de Coucouron qui, roulant les bords de son large chapeau de feutre entre ses mains comme on dit son chapelet, confiait ses intuitions au juge : il avait entendu dire que Martin était ou pourrait bien être un chef de bande spécialisé dans le vol des bois appartenant à l'Etat, un de ces

« affouagers » qui souhaitaient s'arroger des droits datant de l'Ancien Régime, et que l'incendie de l'auberge et de la scierie de ce bourgeois de Paris, M. Lemaire, concessionnaire des forêts de Bauzon, pourrait bien être un acte de malveillance, et que... et que... et que...

Un casse-tête chinois. Un invraisemblable puzzle. Un labyrinthe insondable où se croisaient des fantômes sans visage, parfois sans nom. Ainsi se présentait, pour M. Ollivier, l'affaire de Peyrebeille qu'il avait à instruire.

Chaque soir, en refermant son dossier, de plus en plus complexe, de plus en plus épais, le magistrat de Largentière se disait :

« Je vais continuer d'enregistrer les témoignages qui me sont confiés, en attendant que se révèle " le " témoignage irréfutable qui éclairera cette cave pleine de rats et de crapauds. Mais ce témoin existe-t-il ? »

Un autre mystère revenait de temps à autre réveiller la perspicacité du juge. Quelle était la véritable nature des rapports entre Marie Martin et Rochette ? Selon certains témoins, des rapports licencieux. C'était de notoriété publique. En avait-on surpris, des paroles à double sens, des regards équivoques, des gestes et des attitudes qui en disaient long. Quant à les surprendre en flagrant délit, ils se cachaient trop bien, les bougres, et lorsqu'ils allaient ensemble au foin durant les lourdes siestes de l'été, personne n'était là pour les voir. On a bien raison de dire : telles filles, telle mère.

Au cœur de cette forêt de témoignages, une zone d'ombre particulièrement dense : l'origine de la fortune des Martin. Pour M. Ollivier, là se trouvait le nœud du problème. Il s'était donné beaucoup de mal pour remonter le temps, pour sonder les actes notariés, questionner les paysans qui ne se souvenaient de rien, les commerçants, les aubergistes de la région qui se retranchaient derrière un mutisme en pierre de taille. Sous la pluie, sous la neige, il avait cheminé sur sa mule dans des vallées qui semblaient mener aux confins du monde. Et au retour de ces expéditions, que ramenait-il ? Rien. Ou peu de chose.

Ce dont M. Ollivier était certain, c'est que Pierre Martin avait plus de deux mille francs de rentes de biens-fonds et que la propriété de ce petit exploitant arrivé les poches vides quelque vingt ans auparavant se montait aujourd'hui à une quarantaine de milliers de francs ! Une fortune acquise par le travail ? Allons donc ? Par le sens des affaires ? Peu probable. Alors ?

Là encore le mystère s'épaississait de jour en jour.

Peut-être le juge d'instruction eût-il conclu à un non-lieu s'il n'y avait eu cette terrible mégère qui brouillait et compliquait encore l'instruction : Marie Martin.

A peine les trois prévenus avaient-ils quitté Peyrebeille qu'elle s'était mise en campagne.

On ne voyait plus qu'elle sur les chemins. Elle visitait toutes les localités, s'accrochait à toutes les sonnettes. Jetée à la porte, elle s'introduisait par la fenêtre. Elle menait siège sur siège, usant tantôt de la persuasion, tantôt de l'intimidation, souvent de la menace. Lorsque les transactions se faisaient difficiles, que les faux témoins ne se laissaient circonvenir qu'avec réticence, elle faisait tinter les écus. Tous les arguments lui étaient bons pour disculper les siens et les arracher à la prison. Même le mensonge. Même la calomnie. Elle avait fait courir le bruit que les hommes que Claude Pagès avait rencontrés sur la lande, le soir de la disparition d'Anjolras, transportant un cadavre sur leur cheval, n'étaient autres que le garde-chasse Robert et ses acolytes, dont un nommé Teyssot. Amoureux éconduit de Jeanne-Marie, Robert ne manquait aucune occasion de manifester son hostilité aux Martin. Marie Martin lui rendait la pareille.

Non contente de remuer ciel et terre, Marie Martin lâchait ses filles, ses gendres, ses beaux-frères, ses belles-sœurs, ses neveux et ses nièces à travers le pays, du Rhône au Puy.

Cette prospection intensive du témoin à décharge se révéla une arme à double tranchant. Le juge Ollivier, son adjoint, M. Tanc, finirent par être excédés de ces démarches embarrassées de notables ou de petites gens venant témoigner de l'honnêteté des aubergistes, tenter d'effacer jusqu'à la trace de cette danse macabre autour du hameau de Peyrebeille, dans laquelle une cinquantaine de cadavres – à ce qu'on affirmait – se tenaient la main.

Marie Martin en fit beaucoup trop.

Une suprême maladresse décida de son sort. Elle alla un jour rendre visite à ce Cellier auquel elle avait maladroitement « emprunté » cent francs, lui offrant de les lui rendre s'il se taisait. Le voiturier rapporta cet entretien au juge Ollivier qui enregistra cette déclaration en jubilant. Il tenait enfin un argument solide contre cette virago qui lui causait tant de soucis.

Lorsque la chambre des accusations de Nîmes eut à statuer sur le dossier, ce menu fait retint son attention. On décida qu'il constituait une « charge suffisante » et un mandat d'amener fut signé à l'encontre de Marie Breysse, épouse Martin.

⁂

Cette fois-ci, on n'avait pas jugé bon de faire appel à un peloton de gendarmes à cheval pour prendre au piège la mère Martin. Un simple détachement de quatre hommes avait été estimé suffisant. On était certain à présent que la « bande à Martin », si elle existait, n'oserait pas intervenir.

C'était un jour de neige et de grand vent glacé, un vent à couper les pattes des chevaux au ras des jarrets. Il faisait jour depuis peu. Toute endimanchée, le nez à la fenêtre, l'aubergiste attendait que cesse la tourmente pour atteler la voiture et se diriger vers Pradelles où elle espérait susciter un nouveau témoignage en faveur des prisonniers. Le jour allait être froid mais beau et pur. Elle pourrait être à Pradelles dans le courant de la matinée et s'en retourner tranquillement pour arriver à Peyrebeille avant la nuit.

Elle enfilait sa pelisse de grosse laine lorsqu'elle jura en apercevant un mouvement au dehors. Des clients, à cette heure? Elle allait les éconduire, et promptement.

Le brigadier Richebourg entra dans la salle commune. Il était transi de froid. Sa moustache était blanche de neige. Il s'ébroua, retira ses gants, allongea ses grosses mains rouges vers ce qui restait de feu.

— Vous vous apprêtiez à partir par ce temps de chien? dit-il. Où alliez-vous donc, ainsi endimanchée?

— A Pradelles! répondit Marie, excédée.

Le brigadier partit d'un rire lourd.

— A Pradelles! A Pradelles! Je crains bien que vous n'ayez à prendre un autre chemin.

— Que voulez-vous dire?

Le brigadier se détourna du feu et regarda fixement Marie Martin.

— Vous allez nous suivre à Largentière. Ces messieurs de la justice ont des questions à vous poser.

— A Largentière? Vous n'y pensez pas! J'irai à une autre occasion.

— Hélas! non... soupira le brigadier. C'est aujourd'hui même qu'on veut vous voir. J'ai un mandat d'amener qui vous concerne.

Il glissa deux doigts dans sa vareuse, en retira un papier. Marie Martin le repoussa d'un geste irrité. Elle ne savait pas lire...

— Combien de temps va-t-on me garder?

— Peut-être quelques heures... Peut-être quelques jours... Peut-être...

— Et mes bêtes? Ces messieurs de la justice y ont-ils pensé? Qui donc va en prendre soin en mon absence?

Le brigadier haussa les épaules. Cette mégère lui compliquait la tâche.

— Vos voisins en prendront soin.

Marie parcourut du regard la salle commune. Elle caressa la table du plat de la main. Il y restait quelques miettes du pain de son déjeuner solitaire. Elles se collèrent à sa paume et elle referma la main. Elle pouvait partir. Tout était en ordre. Le silence. Le silence de la neige. La chaleur. La dernière chaleur du feu. La lumière. La lumière blanche du matin qui visitait les coins sombres, décapait la patine des boiseries, enveloppait les tourtes de pain alignées dans le râtelier, le jambon entamé de la veille, suspendu à côté. Une lumière de Noël.

Marie Martin frissonna. Elle sentait brusquement comme un torrent de colère monter en elle. Elle se jeta à plat ventre sur la table, les deux mains accrochées au rebord, le visage collé au bois qui sentait la cire. Elle hurlait, menaçante.

— Laissez-moi !... Je ne suis pas coupable... Partez ! Partez ! Que nous veut-on ? Pourquoi s'acharne-t-on à nous détruire ? Nous sommes d'honnêtes gens, tous ! Les juges le comprendront car ce sont, eux aussi, d'honnêtes gens ! Et lorsque nous serons revenus ici, alors, gare ! Tous ceux qui nous ont fait du tort devront payer. Vous le premier, brigadier, car vous êtes un mauvais homme !

— Assez de balivernes ! gronda le brigadier Richebourg. J'exécute les ordres, moi ! Si vous êtes innocente, il faudra le prouver. Suivez-nous !

La porte refermée, encore frémissante, Marie Martin se laissa attacher les mains. Le chien de la maison tournait autour d'elle en gémissant. Le brigadier Richebourg le chassa d'un coup de botte.

— Reste là ! dit-il. Tu garderas la maison.

Les magistrats s'étaient rendus à Peyrebeille pour perquisitionner dans la maison du Coula. On avait mis tout sens dessus dessous, sondé les caves et l'enclos, exploré le puits, examiné les cendres du four dans l'espoir d'y découvrir des ossements incomplètement calcinés.

Rien. Les magistrats firent chou blanc.

Ils eurent simplement la surprise, en explorant la « chambre » de Jean Rochette, de découvrir un bric-à-brac hétéroclite : des portemanteaux, des châles, des sacoches éventrées, des harnais, des étriers ouvragés, des tabatières de bois, de corne d'argent, des lambeaux de vêtements en soieries, des lunettes et des jarretières. En revanche, pas de couteau portant des traces de sang ou de marteau à fracasser les crânes des voyageurs.

Rien d'autre que ce petit trésor de tire-laine. Une réserve de coupeur de bourse.

6.

COUP DE THEATRE

Que s'est-il bien passé durant la nuit qui a succédé au cinquième jour d'audience ? C'est ce que l'assistance se demande dès l'ouverture de cette sixième audience. Une assistance dont l'importance n'a pas décru, qui déborde même sur les marches du palais. Ce qui s'est passé, personne ne pourrait le dire, mais ce dont on ne doute guère c'est qu'un événement nouveau et grave est intervenu. On en parle à mots couverts, on sonde l'impondérable. Le procès va prendre aujourd'hui une nouvelle tournure. Cela, on le sait. L'ambiance, dès le début de l'audience, n'est pas celle de la veille. Même la qualité du silence a changé.

L'arrivée à la barre des témoins de Marie Armand dont on croyait la déposition close, relance les questions. Le témoin est méconnaissable. Où donc est cette fermeté, cette arrogance dont elle a fait preuve la veille ? Elle semble plus menue. Son visage s'est comme sclérosé. Elle garde les paupières baissées et les mains accrochées à son fichu d'indienne.

La veille, le témoignage de Marie Armand a déçu. Un tel entêtement à nier l'évidence, un tel mépris à l'égard de ceux qui l'avaient formellement reconnue dans la salle commune le soir de la disparition d'Anjolras, de telles dénégations éhontées devant lesquelles les magistrats ne pouvaient que riposter par des menaces, cela dépassait l'entendement.

A peine la petite ravaudeuse est-elle apparue à la barre, on devine qu'un coup de théâtre se prépare. Finalement, ils déçoivent un peu, ces Martin. On escomptait un grand spectacle, un ballet de fantômes sanglants, une hallucinante danse macabre, des révélations à chaque audience, de nouvelles victimes surgissant comme par magie des manchettes du procureur du roi. On attendait le déploiement d'un faste criminel bouleversant, pareil à ces images que le chanteur des rues détaille à la baguette sur le grand velum barbouillé de couleurs violentes.

Et voilà que, ce matin du sixième jour d'audience, on perçoit la promesse de frissons nouveaux. Le grand air du crime va retentir sur la scène. Et l'on ouvre bien grands les yeux et les oreilles pour ne rien perdre des gestes et des propos de cette poupée de chiffon mal ficelée.

Le silence. Jean Rochette tousse. Le président attend que la quinte soit passée. Puis il attaque d'une voix âpre où pointe une exaspération trop longtemps contenue :

— Voyons, Marie Armand. J'avoue ne pas comprendre votre attitude. Comment avez-vous eu le front de nier, hier, les propos que vous aviez tenus antérieurement ?

Marie Armand se cramponne des deux mains à la barre, baisse la tête.

— Je vous rappelle, poursuit le président, que quatre témoins originaires des environs de Saint-Cirgues et de Peyrebeille sont venus témoigner de ce que vous leur avez raconté, peu après que l'affaire Anjolras eut éclaté. Le soir de la disparition de la victime, vous étiez bel et bien chez les Martin.

Marie Armand gémit, porte la main à son front.

— Reprenez-vous, dit le président. Vous vous souvenez qu'en plus de Laurent Chaze, deux autres témoins vous ont vue au même endroit, ce même soir ? Quel intérêt auraient Jean Moulin et André Raynaud à mentir ? Alors, selon vous, mademoiselle Armand, ces témoins ont-ils menti ? Je vous rappelle que vous pouvez parler sans crainte. En revanche, si vous persistez dans vos faux témoignages, la justice sera impitoyable.

L'index impérieux se pointe vers le témoin.

— Oui ou non, Marie Armand, allez-vous répondre ?

Maître Croze intervient discrètement.

— Monsieur le président, je me permets d'élever une protestation respectueuse. Le témoin est dans un état physique et mental tel que le témoignage que vous pourriez lui arracher, en contradiction avec celui d'hier, risque d'être sans valeur.

Marie Armand redresse la tête. Elle articule péniblement, d'une voix blanche :

— Je vais parler, monsieur le président.

Les quatre prévenus sursautent, redressent la tête. Sur l'assistance pèse un silence de plomb. On entend, derrière les prévenus, craquer la botte d'un gendarme qui se détend.

— J'étais à Peyrebeille, dans la maison des Martin, durant la nuit du 12 octobre.

Tumulte dans l'assistance. Au prétoire, des regards s'entrecroisent, chargés de satisfaction ou d'inquiétude. Le coup de théâtre espéré, attendu. Mais est-ce tout ? La sonnette du président retentit. Le brouhaha se résorbe.

— Poursuivez ! dit le président. Avez-vous rencontré Jean-Antoine Anjolras ce même soir ?

— Oui, monsieur le président. Du moins, je crois bien qu'il s'agissait de lui. C'était un homme âgé. Il se plaignait sans arrêt de la perte d'une génisse. Je me souviens qu'il a soupé, puis qu'il est allé se coucher au foin, après que Martin lui eut payé la somme qu'il lui devait. Mais auparavant...

— Auparavant ?

— Martin lui a dit : « Ton compte sera bientôt fait. »

— Vous êtes bien sûre de ces paroles ? Ne vous semblaient-elles pas contenir une menace ?

— Je l'ignore, monsieur le président.

— Et Laurent Chaze ? Vous souvenez-vous l'avoir rencontré ce soir-là à Peyrebeille ?

Marie hoche la tête. Elle l'a bien reconnu. Et pourtant...

— Pourquoi ces réticences ? Que voulez-vous dire ?

— Il me semblait plus petit.

Geste excédé du président.

— Dites-nous ce qui s'est passé ensuite en tâchant de ne rien omettre.

Laurent Chaze était allé au foin à son tour. Une heure environ après Anjolras. Marie Martin s'était couchée vers les dix heures, tout habillée, sans défaire son lit. Ce détail n'avait pas échappé à la ravaudeuse car elle couchait dans la même pièce, la salle commune. Les hommes aussi étaient restés habillés toute la nuit. Entre la salle et le grenier à foin, il y avait eu, durant toute cette interminable nuit, des allées et venues. Marie Armand n'avait guère dormi. Elle avait entendu des bruits, certes. Mais elle savait que Jean Rochette avait mal aux dents, et elle avait pensé que c'était lui qu'elle entendait à l'étage.

— Et ces allées et venues vous ont semblé naturelles ?

— Oui, monsieur le président. Anjolras était malade. Il avait trop bu, je crois. Mme Martin a même refusé de lui servir le dernier verre qu'il réclamait avant de monter se coucher.

— Est-ce tout ?

— C'est tout, monsieur le président.

— Eh ! bien, non... Ce n'est pas tout, s'exclame le baron Fornier de Clausonne. Pourquoi avoir dissimulé la vérité à la justice ?

De nouveau, Marie Armand se trouble, baisse la tête, hésite à répondre.

— André Martin était votre promis, n'est-ce pas ? Vous avez craint de lui porter tort ?

Marie hoche la tête. A-t-elle tout dit ? Le président la force dans ses derniers retranchements. Elle avoue :

— « On » m'a proposé de l'argent pour que je me taise... « On » m'a menacée de mort au cas où je parlerais.

— Qui, « on » ? Des noms, je vous prie.

Les derniers mots se perdent dans le tumulte. La question ne sera pas reposée ou, si elle le fut, la réponse s'est perdue. Mais chacun pense à la mère Martin. C'est si bien dans sa manière...

Le silence est long à revenir. Le coup de théâtre n'a été qu'un fracas de tonnerre. La foudre n'a frappé personne. Marie Armand était présente le soir du 12 octobre chez les Martin. Elle a vu Anjolras et Laurent Chaze. Elle a perçu des gémissements à l'étage. Malgré ses bizarreries, ses invraisemblances flagrantes, le témoignage du mendiant, face aux cachotteries maladroites de la ravaudeuse, prend soudain consistance et crédibilité. D'un côté la vérité ; de l'autre le mensonge. C'est Laurent Chaze qui avait raison ; c'est lui qui montre la voie à la justice. N'ayant rien à perdre ni à gagner à la condamnation des aubergistes ou à leur relaxe, il a témoigné, et lui seul, en son âme et conscience.

Laurent Chaze, dit La Guerre, fait figure de justicier. Au premier rang de l'assistance, il se cambre, le regard triomphant. On le flatte. On lui tape dans le dos. On lui touche l'épaule. On le retient pour boire un verre à la fin de l'audience. Désormais toutes les portes s'ouvriront devant lui et il aura partout gîte et couvert. Tranquillement, il lisse sa barbe, sourit, appuyé des deux mains sur sa canne sculptée comme un chevalier du Moyen Age sur le pommeau de sa colichemarde.

Chaze cligne de l'œil, malicieusement, vers le banc des prévenus. Le rebord est tellement surélevé et tous quatre sont tellement tassés sur leurs désillusions qu'on dirait de loin un sinistre alignement de têtes coupées.

7.

VERDICT AUX CHANDELLES

La semaine tire à sa fin. Le procès également : une sorte de marathon où l'ennui l'a disputé à l'horreur.

Enfermés à Largentière, puis à Privas durant dix-huit mois, les prévenus, nerfs brisés, à bout de force, ont dû entendre les dépositions de cent neuf témoins, dont dix-sept seulement cités par la défense. Un interminable défilé. Une pittoresque galerie de portraits où le petit notable local a voisiné avec des magistrats de haut vol, où d'humbles bergers puant encore l'étable ou la bergerie ont côtoyé de majestueux propriétaires fonciers au ventre barré d'une lourde chaîne de montre. Une matière humaine épaisse, brûlante de passion, palpitante de vie, bien faite pour inspirer un Balzac de préfecture. Et tout autour, une contrée mystérieuse, profonde, dangereuse, hantée par des bandits de grands chemins et des êtres de légende.

Pour les quatre détenus, le contact direct et brutal avec la foule, après une détention de plus de cinq cents jours, a été pire que la solitude. On a pris soin, sur le trajet de la prison au palais de justice, de les enfermer dans une petite voiture urbaine, aux vitres remplacées par des panneaux de bois, que l'on appelle une « citadine ». La foule, ils ne l'ont aperçue que dans un éclair, mais ils n'ont cessé de l'entendre : le même murmure, les mêmes vociférations, les mêmes clameurs de mort, les mêmes chocs retentissants de moellons jetés contre la voiture malgré l'escorte des gendarmes...

Le premier jour d'audience, une fois installés à leur banc, l'un près de l'autre, ils ont retrouvé leur aplomb. Leurs avocats, devant eux, sont une digue rassurante contre les lames de fond susceptibles de surgir de cette masse de plus de cent témoins. On a même noté leur « air de triomphe », leurs regards « audacieux » qui ont tant indisposé la cour, les jurés et la foule. Et puis, audience après audience, on a vu leurs grands airs tourner piteusement à la résignation, puis à l'abattement.

Depuis la déposition de Chaze, que le second juge d'instruction de Largentière, M. Teyssier, avait enfin retrouvé, non sans mal, quelques jours avant le début des Assises, depuis le revirement de la ravaudeuse, ils ne se font plus d'illusions. Les décrets du destin sont proclamés.

La mort est devant eux.

Le réquisitoire de M. Aymard est féroce. Sans complaisance. Sans nuance. Avec minutie, le magistrat s'attache à réunir en faisceaux toutes les dépositions à charge, y compris les plus sujettes à caution. Les rapports d'expertise, les rumeurs publiques, les moindres faits, avérés ou non, les intuitions les plus hasardeuses composent ce réquisitoire impitoyable.

« Le procureur du roi, écrivait quelque temps plus tard un commentateur, tira de ces rapports des conclusions écrasantes. Mais quelques-uns des défenseurs protestèrent contre ses termes qui devançaient le jugement et qualifiaient, comme prouvés, des faits qui ne l'étaient pas et devaient être confirmés par les débats et le verdict. »

C'est dire dans quel climat de tension les avocats entament leurs plaidoiries, dans cette chaleur lourde qui baigne la salle d'audience depuis le début des Assises.

— Maître Croze, dit le président, vous prendrez donc la parole le premier pour le prévenu Pierre Martin.

Maître Croze, magistrat renommé de la région, qui deviendra plus tard juge à Privas, puis maire de cette ville, a conscience de la difficulté et de l'importance de sa tâche. Son client ne bénéficie pas des faveurs des jurés et de la cour ; le fait d'avoir, durant sa détention, commandé à ses frais l'érection d'une croix sur le mur de la prison ne plaidera que d'une façon infinitésimale en sa faveur. Maître Croze défend une fort mauvaise cause. Mais il le fait avec cœur, avec méthode, persuadé que l'acquittement de son client conditionnerait celui des autres prévenus. Mais il ne se fait guère d'illusions.

— Si vous aviez, dit-il, à déterminer vos décisions souveraines d'après les manifestations extérieures de l'opinion publique, si vos consciences devaient obéir au jugement souvent aveugle et passionné des foules, ma tâche serait dès à présent terminée et j'hésiterais vraiment à disputer à votre verdict cet homme condamné d'avance avec une rigueur qui ne prend même pas la peine de se dissimuler et qui ne s'inspire d'aucun sentiment d'humanité.

C'est, en une seule phrase, définir l'ambiance dans laquelle s'est déroulé ce procès, et affirmer que l'avocat devra se battre contre vents et marées.

Et pourtant...

— Plus les débats avançaient, plus les efforts de l'accusation se multipliaient en se contredisant, en se heurtant, plus je sentais revenir en moi l'espoir qui fait notre force à nous, défenseurs, car je voyais bien que la lumière se faisait dans vos esprits, messieurs les jurés, que les exagérations de la foule étaient singulièrement réduites, et que ses passions violentes expiraient au pied de ce tribunal suprême, dont vous êtes les véritables juges...

Cette affaire de Peyrebeille, selon l'avocat de Pierre Martin, on l'a « démesurément grossie ».

— On a comme à plaisir, reprend maître Croze, accumulé sur la tête de Pierre Martin et de ses prétendus complices tous les crimes, tous les forfaits dont la contrée sauvage au milieu de laquelle ils habitaient a pu être le théâtre mystérieux. On a fait de cet homme obscur, paisible, hospitalier, une sorte de héros du crime, un monstre surhumain, vivant un quart de siècle de meurtres et de rapines, possédé de la folie du carnage et élevant sur des monceaux de cadavres une fortune rapide, relativement considérable, bâtissant une auberge somptueuse et dotant ses filles avec les dépouilles de ses victimes.

Peu à peu, maître Croze s'enflamme en parlant. On a réuni une quantité énorme de témoignages, perquisitionné, remué ciel et terre sans que le crime apparaisse « avec la clarté de l'évidence ».

Ces témoignages qui s'appuient « sur des commencements de preuves », ces récits qui « en passant de bouche en bouche ont presque acquis force de vérité au dire de l'accusation », l'avocat s'emploie à les récuser pour ne s'attacher qu'aux « faits plus graves retenus par l'accusation, ceux autour desquels semblent se grouper les charges les plus sérieuses, les plus concluantes ». Il se « propose d'en démontrer l'incertitude, l'invraisemblance, l'impossibilité matérielle, le néant ». Il réfute même une quelconque analogie entre l'affaire de Brun l'Enfer et celle de Peyrebeille. Les Martin ont, en s'installant à Peyrebeille, hérité de la légende sanglante de l' « Enfer ».

— J'ai l'intime conviction que les crimes qu'on leur reproche vaguement, avant comme après l'époque de cette expiation suprême, appartiennent tout entiers au dossier criminel de l' « Enfer ». De Meyras à Peyrebeille, il n'y a pas très loin, et cette distance, l'imagination déjà effrayée, surexcitée, des gens de la contrée, n'a pas eu de la peine à la franchir.

Sensation dans l'assistance et parmi les membres de la cour ! Des murmures s'élèvent, des clameurs de protestation fusent. Brun a payé ! A quoi bon charger sa mémoire de nouveaux crimes ? Maître Croze fait face.

— Oui, messieurs les jurés, je suis très porté à croire que la plupart des faits criminels reprochés aux habitants de Peyrebeille, avant la mort de Brun, ont pu être commis par lui, par ses affiliés qui, comme vous le savez, tenaient la campagne et ne pratiquaient pas l'assassinat à domicile.

Les noms de Dufaux, de Souchon se mêlent à celui d'Anjolras. Mêmes crimes, mêmes circonstances...

Maître Croze laisse s'apaiser les rumeurs de l'assistance. Puis il évoque la carrière de Martin, le bon renom de son auberge, moins sinistre qu'on veut bien le dire, une maison comme il y en a des milliers dans les montagnes des Cévennes, avec leurs murs de forteresse, leurs barreaux aux fenêtres, leurs étroites ouvertures...

— Vous venez nous demander compte des cadavres trouvés dans ces déserts glacés pendant les longs hivers de ces dernières années. Et cela parce que nous avons planté notre demeure dans ces lieux abandonnés et sous ce climat meurtrier. Avez-vous compté les victimes qui ont laissé leurs dépouilles dans ces steppes couvertes de neige et de profondes congères, balayées par les bourrasques de neige aveuglantes et mortelles, avant que nous soyons venus nous établir là par une inspiration toute d'honnêteté et de dévouement, à peine mêlée d'un vague esprit de lucre ?... Pourquoi alors nous rendre responsables de cette autre série de morts imputables aux mêmes accidents, aux mêmes causes terribles et inéluctables ?

Non, les Martin n'ont pas fait fortune « par le vol et le crime ». C'est par leur labeur de tous les jours qu'ils ont amassé une « petite fortune », par leurs qualités d'économie, de sobriété, par la bonne réputation de l'établissement.

— Messieurs les jurés, la fortune des Martin est de celles qui n'ont rien d'anormal, d'excessif et surtout d'inavouable. La jalousie, la haine qu'ils ont eu le don de soulever autour d'eux, par leur prospérité, par la réussite de leurs entreprises, voilà leur véritable crime et en même temps la cause de tous leurs malheurs... On a dit qu'ils détroussaient les voyageurs, qu'ils les faisaient disparaître par les moyens d'une barbarie raffinée, qu'ils les faisaient consumer dans un four, que sais-je encore ? L'imagination du public, une fois entrée dans cette voie sinistre, ne s'est plus arrêtée. Mais la justice demande autre chose pour fixer ses arrêtés que des contes d'ogres ou des fables... Que vois-je dans tout cet amas de dépositions, dans cette interminable série de récits fantastiques, pour ne pas dire plus ?... Ah ! messieurs les jurés, tout ceci n'est pas sérieux... Quelle créance accorder au récit de ce mendiant qui vit de la charité publique par paresse et par suite d'une déchéance morale incontestable ?... Quelle confiance pouvez-vous accorder à la déposition de Vincent Boyer qui s'est déshonoré en laissant égorger près de lui un vieillard dont il avait prévu la mort, et qui reste ensuite des années sans souffler mot de ce terrible forfait ?

Lent, méticuleux, maître Croze poursuit sa démonstration, soulevant à certains passages de sa plaidoirie des vagues d'indignation dans l'assistance, notamment lorsqu'il se réfère aux bandits étrangers à la région, qui auraient pu commettre les crimes reprochés à son client.

— J'en ai fini, monsieur le président. Il ne me reste plus qu'à conjurer une nouvelle fois MM. les jurés, en l'absence de preuves matérielles, de prononcer l'acquittement de mon client.

Il se rassied. Le visage ruisselant de sueur. Las et triste. Conscient d'avoir plaidé pour une cause perdue d'avance. Pour exorciser l'ambiance d'épouvante qui règne sur la région, il faut une victime expiatoire. Le bouc émissaire, ce sera Pierre Martin. Plus aucune illusion n'est permise. Il suffit de regarder ces visages de marbre, là-bas, en face...

— Vous avez bien plaidé, maître, dit Pierre Martin. Avec le secours de la Providence, nous gagnerons notre cause.

Et il s'abîme dans la récitation de son chapelet.

***

La matinée est déjà bien avancée. Le président lève l'audience. A la reprise, c'est maître Dousson qui va ouvrir le feu en plaidant pour Marie Martin. C'est un magistrat avancé en âge mais habile et même, à ce qu'on dit, retors.

La plaidoirie du « Manchot » sera brève et quelque peu équivoque. Marie Martin est une digne femme. Elle a élevé ses filles et les a mariées honorablement. Sa responsabilité dans les crimes – à supposer qu'il y eût crimes – est faible, alors qu'on voudrait lui donner un rôle actif. Elle n'a pu que subir l'ascendant de son époux dont on sait le caractère impérieux. Elle n'a pas non plus été maîtresse de sa volonté en présence de Rochette.

Marie Martin ronge son frein. Ce n'est pas de cette manière qu'il fallait présenter sa défense. Elle n'aime guère qu'on la fasse passer pour une victime du bon vouloir des deux hommes de la maison, elle qui menait son monde à la baguette. Qui pourrait croire au portrait d'une Marie Martin douce et soumise ? Au lieu des effets de manchettes, des dénégations violentes, de la flambée d'indignation qu'elle espérait, elle assiste à une plaidoirie mollassonne, tiédasse, équivoque, qui finasse maladroitement. Il est vrai que maître Dousson est vieux, fatigué, désabusé. Il ne croit plus, il ne croit pas à la cause qu'il défend.

L'allusion à la dépendance de Marie vis-à-vis de Rochette a soulevé quelques éclats de rire dans la salle. Les regards se tournent à présent vers le « nègre ». Après tout, le « Diable » dont parlait avant de monter à l'échafaud le bandit de Mayras, ce pourrait bien être lui.

Maître Quinquin, du barreau de Privas, qu'assiste maître Ladreyts de Lacharrière, se lève sur les instances du président. C'est un jeune magistrat, timide, modeste. Il se borne à affirmer que Rochette est un irresponsable, pris entre Marie et Pierre Martin qui le terrorisaient. Au demeurant, un « serviteur fidèle, dévoué, obéissant, élevé pour ainsi dire dans la famille des Martin et né dans le pays ».

— Si mon client, conclut maître Quinquin, a prêté son concours à des actes criminels, il ne l'a fait que fasciné par Marie Martin et commandé par Pierre Martin, un maître irascible, auquel il n'était pas bon de résister.

Rochette « fasciné » par Marie Martin... Décidément, cette femme avait une nature de serpent.

Pour André Martin, maître Audigier a la tâche facile. Il semble évident que son jeune client n'a dans cette affaire qu'une part infime de responsabilité, pour ne pas dire aucune. Les renseignements dont il a fait l'objet sont bons. Que l'on se réfère notamment au certificat favorable signé par Louis Méjean, maire de Lanarce, et par les conseillers municipaux : André Martin y est dépeint comme un « honnête jeune homme ». On lui reproche d'avoir blessé Bourtoul en voulant lui arracher sa bourse ? Or, deux personnes sont venues témoigner que, ce jour-là, à cette heure précise, il se trouvait à plusieurs kilomètres du lieu de l'attentat. Et d'ailleurs, qui peut affirmer qu'il ne s'agissait pas, purement et simplement, d'une de ces rixes d'après-boire comme il s'en produit souvent dans les foires ?

— Non ! messieurs les jurés, s'exclame maître Audigier, mon client n'a participé aux crimes de Peyrebeille ni de près, ni de loin. Il s'est borné à servir parfois son oncle avec le dévouement d'un bon neveu...

Ce parangon des vertus avunculaires n'intéresse personne. D'ailleurs, André Martin paraît absent. L'allure d'un ruminant. Avec en plus l'œil sournois.

Non, André Martin n'intéresse personne apparemment.

Sauf peut-être le président.

Huit heures ont passé depuis que le procureur du roi a entamé son terrible réquisitoire. Il reste à entendre, avant la délibération du jury, le résumé des débats. C'est le privilège du président. En fait, et selon une coutume solidement établie, cette intervention ne fait que confirmer le réquisitoire. Le président se fait accusateur. Désormais, les dés sont jetés, les Martin sont considérés comme coupables. Tandis qu'il parle et que l'ombre envahit la salle, c'est à peine si l'on distingue encore, dans son champ d'abeilles d'or, le grand christ de bois dominant le prétoire.

A onze heures du soir, les jurés se lèvent, le dos rond, l'œil vide, la lippe tombante, satisfaits au fond d'eux-mêmes d'arriver au terme de leur mission, de manifester enfin leur toute-puissance, d'avoir le doigt sur le bouton de la guillotine.

Comme l'ombre est maintenant totale dans la salle d'audience, l'huissier apporte des chandelles. Et c'est une veillée funèbre qui commence, sous les fenêtres de la salle d'assises, placées haut, comme les soupiraux d'une cellule.

— Je meurs de faim, dit Rochette. Est-ce qu'ils vont nous garder longtemps encore ?

***

Il est minuit trente lorsque le prétoire se regarnit. La foule bouge, gronde comme un troupeau de fauves auxquels le gardien va jeter leur quartier de viande rouge. Le président s'assied. Détendu. Calme. Souriant, on dirait, mais c'est la flamme de la chandelle qui lui prête ce sourire.

Et le verdict tombe. Comme un couperet.

Le jury innocente le neveu des Martin. Il va pouvoir retrouver Marie Armand et poursuivre son existence obscure. A moins que...

Contre les autres prévenus, les jurés n'ont retenu que l'assassinat de Jean-Antoine Anjolras. D'après un seul témoignage : celui du vagabond Chaze. Lequel Chaze a vu André Martin participer au crime, au même titre que les autres prévenus, ce qui rend son acquittement scandaleux.

En revanche, coupable dans cette affaire au même titre que les deux hommes, suivant les conclusions du jury, Marie Martin était en outre convaincue de vol au préjudice de Cellier.

La foule retient son souffle.

Pour Pierre Martin : la mort.

Pour Jean Rochette : la mort.

Pour Marie Martin : la mort.

***

Ce que maître Croze avait appelé des « contes d'ogres » devait s'achever dans une réalité sanglante.

Durant cette nuit du 25 au 26 juin 1833, succédant à celle de la Saint-Jean d'été, à la Fête de la Lumière, de la Chaleur, des Moissons, l'ombre de la guillotine s'était profilée derrière le christ mort dominant le prétoire. La ville, cette nuit-là, dormit d'un sommeil fiévreux ou, pour mieux dire, ne dormit pas du tout. Des groupes porteurs de torches parcouraient les rues et les places. L'atmosphère sentait l'émeute. On allait clamer des chants de mort sous les fenêtres des avocats et devant la porte de la prison, gardée par un cordon de gendarmes auxquels on payait à boire. On jetait des pierres en direction de la croix que Martin avait fait ériger.

Maître Croze annonça qu'on allait se pourvoir en cassation. Si cette instance confirmait le jugement des assises, il resterait une chance : la grâce royale.

La confiance que l'avocat recommandait à son client et aux autres prévenus, en était-il lui-même imprégné ? La sentence lui paraissait singulièrement sévère. Les jurés avaient cédé à la pression de l'opinion plus qu'à leur sens de la justice. Le scandale était patent selon lui. Une seule victime eût suffi pour apaiser la vindicte publique : on lui en jetait trois en pâture !

Dès le lendemain, les trois condamnés signaient leur pourvoi en cassation. Un simple signe au bas de la page. Une croix.

Puis la longue attente commença. Elle dura six semaines.

Un matin, maître Croze porta lui-même aux prisonniers la terrible nouvelle : pourvoi rejeté ! L'avocat ajouta :

— Rien n'est encore perdu. J'ai la certitude que Sa Majesté accordera toute son attention et toute son indulgence au recours en grâce que nous allons solliciter.

Le magistrat n'ignorait pas que Louis-Philippe examinait personnellement tous les dossiers criminels qui arrivaient sur sa table de travail. A diverses reprises on l'avait surpris, les larmes aux yeux, signant une grâce et déclarant :

— Je ne puis oublier que mon père est mort sur l'échafaud...

Le roi prit connaissance du dossier de Peyrebeille et des conclusions du rapporteur, M. le conseiller Meyronnet de Saint-Marc, magistrat descendant d'une illustre famille provençale. Son œil resta sec. Froidement, il apposa ses grandes initiales au bas du document.

Aucune commutation de peine pour les trois assassins.

La mort.

L'attitude du roi-citoyen se justifie aisément. Cette affaire de Peyrebeille qui passionnait tout une province était portée à son jugement par une énorme vague populaire. Il ne se trouvait que de rares esprits originaux pour oser aller à contre-courant et défendre encore les aubergistes et leur domestique, le « nègre ». La populace réclamait le châtiment suprême; il fallait lui donner satisfaction. Alors que le tumulte des journées de 1830 agitait encore sa mémoire, que la journée des barricades datait pour ainsi dire d'hier, à quoi bon risquer de provoquer une insurrection dont ses adversaires et ses ennemis auraient pu tirer profit? Car les choses en étaient à ce point. Entre Le Puy et Montélimar, entre Annonay et Nîmes, on ne parlait que de cette affaire, et tous ou presque souhaitaient la mort des coupables.

C'en était assez des brigandages, des coupe-gorge, du danger des grandes routes en un temps où le chemin de fer commençait à pénétrer dans les contrées les plus reculées du pays, où de grandes manufactures étaient en train d'apporter une certaine forme de richesse et de sécurité dans les provinces.

Les aubergistes de Peyrebeille étaient-ils coupables? Sûrement. Enfin : peut-être. Mais, innocents ou coupables, ils devaient payer, pour eux ou pour les autres. La société réclamait un exemple, le paiement par un tiers d'une vieille dette du sang. Elle l'avait obtenu.

Dans toute la province, on respirait.

L'insurrection que le roi avait redoutée allait tourner à la kermesse.

8.

LES MONTAGNES DU MATIN

Les mains de l'avocat tremblaient en prenant celles de Marie Martin qui, elles, demeuraient immobiles et glacées.

— Il faut être très courageuse, dit l'avocat.

— Le roi a refusé notre grâce, n'est-ce pas?

Maître Croze hocha la tête.

— Quand l'exécution aura-t-elle lieu?

— Elle est prévue pour le 2 octobre. C'est un mardi.

— Ici, à Privas?

— Non. Chez vous, à Peyrebeille. Sur le champ du Bonhomme.

« Ainsi, songea Marie Martin, une dernière faveur m'est accordée : je reverrai Peyrebeille avant de mourir. Je donnerai mon sang à cette terre à laquelle j'ai donné tant de moi-même. »

Maître Croze répéta qu'elle devait être courageuse, mais il savait que cette recommandation était superflue. Il avait en face de lui un bloc de froide énergie, une femme de marbre qui semblait s'être repliée sur son émotion et sa colère pour les étouffer. Singulièrement, cette colère, c'est contre les religieuses et surtout contre l'aumônier des prisons, l'abbé Chiron, qu'elle se retournait. Ils étaient ses souffre-douleur ; elle semblait les rendre responsables de tous les malheurs qui lui arrivaient.

— Quel jour sommes-nous ? demanda-t-elle d'une voix calme.

— Le 30 septembre, répondit maître Dousson qui se tenait derrière maître Croze.

— Cela fera presque deux ans que nous languissons en prison. Deux ans... J'ai eu le temps d'en faire, du tricot pour les pauvres !

Elle demanda comment les autres avaient accueilli la nouvelle.

— Votre mari, dit maître Croze, s'est montré cruellement surpris que vous ne soyez pas acquittée. Il l'espérait beaucoup. Cela lui a fait autant de peine que la nouvelle de sa propre exécution.

Pour ce qui le concerne, Pierre Martin avait accueilli la nouvelle avec sa résignation coutumière et s'était réfugié dans la prière. Il savait depuis longtemps qu'il n'y avait plus d'espoir de voir commuer la peine. Dieu était désormais son seul refuge.

Rochette s'était jeté en gémissant sur son grabat. Il refusa de parler. Il repoussa toute nourriture. Son visage était baigné de sueurs froides.

— Il nous reste donc deux jours, constata Marie Martin.

— Deux jours pour prier, dit une voix derrière elle.

Marie se retourna, considéra le personnage qui venait d'entrer sur les pas des avocats. C'était un jeune prêtre : l'abbé Chabal, vicaire de Privas, qui remplaçait l'aumônier Chiron, occupé à quêter dans la ville au profit des trois condamnés.

— Qui êtes-vous ? s'écria Marie Martin. D'où sortez-vous et que me voulez-vous ?

— Vous aurez besoin du secours de Dieu, dit doucement Maître Dousson. Soyez indulgente pour ce prêtre. Il ne veut que faciliter vos épreuves.

— Qu'il s'en aille ! Et vous aussi ! Je ne veux plus voir personne, vous m'entendez ? Personne !

Telle était Marie Martin. Une masse d'énergie statique qui pouvait, subitement et d'une manière imprévisible, se transformer en volcan. Elle se dressa d'un bond, regard de Méduse sous le bonnet d'étoffe qui, en lui serrant le visage, donnait à sa maigreur naturelle et à son teint jaune un air d'ascétisme. D'un index impérieux, elle montra la porte de sa cellule.

Ce n'était ni le hasard, ni une quelconque coutume qui avait fait choisir aux juges le hameau de Peyrebeille comme lieu de l'expiation suprême. Plutôt un souci particulier : celui de frapper l'opinion, de parachever le caractère exemplaire du châtiment. C'était de Peyrebeille que partait toute cette affaire ; c'était à Peyrebeille qu'elle devait connaître son dénouement. Le sang des victimes avait abondamment abreuvé cette terre ; le sang des coupables en effacerait les traces. De nos jours, on appellerait ces précautions un « souci de mise en scène » ou une « volonté de conditionnement des masses ».

Une mise en scène... C'est bien, en effet, au dernier acte d'une pièce de théâtre que nous fait penser la scène finale : celle de l'exécution.

Tout a été prévu, soigné, jusque dans le moindre détail : la progression dramatique (une marche de trente heures dans la montagne), le décor (la nature sauvage : vallée de l'Ardèche, hameau de Peyrebeille avec ses masures tassées sur leurs secrets inviolés et inviolables), la mise en scène proprement dite de la séquence finale (les bois de justice dressés sur le champ du Bonhomme, tout près des lieux des crimes : l'ancienne auberge et celle du Coula), la figuration (le ballet impressionnant des gendarmes à cheval, harnachés et parés comme pour un défilé patriotique, les hommes de loi, les bourreaux). Quant au public, il se déployait dans le hameau et aux alentours, des milliers et des milliers de gens garnissant les abords de l'arène pour assister à la triple mise à mort. On n'a même pas oublié la musique et les chansons...

L'affaire de Peyrebeille : à la fois drame paysan aux odeurs mêlées de sang et de purin, à la fois opérette, opéra romantique, happening de l'horreur.

Un spectacle complet, en décors naturels, joué sur les lieux mêmes de l'action et dont les acteurs, jusqu'au déclic de la guillotine, ont joué leur propre rôle.

***

Pour Marie Martin, Pierre Martin, Rochette, le lieu de l'ultime rendez-vous a été la cour de la prison de Privas.

Cinq heures du matin. Dans la lumière louche des lanternes, on avait amené devant la porte une de ces lourdes charrettes de voiturier, à deux colliers, qui sillonnaient les chemins de la province, tirées par des chevaux puissants. On avait nettoyé les ridelles. Sur le plancher du véhicule, on avait pris soin d'étendre une bonne couche de paille.

Dolmans noirs, baudriers jaunes, sabre et pistolet au côté, les gendarmes à cheval stationnaient devant la porte. On n'avait pas lésiné sur les effectifs : huit brigades venues des environs étaient là, soutenues par un peloton de militaires du soixantième régiment de ligne. Une escorte digne d'un grand du royaume. Au total : une centaine d'hommes. Il ne manquait qu'une musique militaire et des étendards pour ouvrir la marche.

Les trois condamnés montèrent ensemble dans la charrette. Quand ils furent installés, le sergent de gendarmerie qui dirigeait l'opération fit signe à deux prêtres qui se tenaient dans l'ombre de monter à leur tour. Le premier, l'abbé Brethon, se hissa dans le véhicule sans éveiller l'attention des condamnés. Lorsque le second voulut l'imiter, Marie Martin poussa un juron et, d'un coup de pied en pleine poitrine, malgré les protestations de Pierre Martin, l'envoya rouler sur le sol. C'était l'abbé Chabal, celui-là même qui, l'avant-veille, avait assisté au dernier entretien entre Maître Croze et les condamnés et avait proposé les services de son ministère.

Un concert de huées s'éleva de la foule qui, malgré l'heure matinale, s'était attroupée sur la petite place qui faisait face à la prison. Deux gendarmes escaladèrent la charrette pour maîtriser Marie et la ligoter. Précaution superflue : d'elle-même, elle se laissa tomber sur la paille et se mit à pousser des gémissements de louve blessée.

— Restez tranquille, vous trois, dit le sergent. Nous avons trente heures de route, à raison d'une lieue à l'heure. Ne gaspillez pas vos forces. Vous en aurez besoin autant que nous.

La colonne s'ébranla dans la nuit, en direction du col de l'Escrinet. La foule lui faisait escorte, réglant son allure sur le pas des montures de la gendarmerie. Peu avant le sommet du col, dans les parages de Saint-Priest, à quelque six kilomètres du chef-lieu, le ciel commença à se teinter de rouge. Le jour était proche, la journée serait belle. Très loin vers l'est, dans le froid piquant de l'aube, au fur et à mesure que la colonne progressait, se découpaient plus nettement des franges de crêtes étagées.

— Le jour va se lever, dit Pierre Martin. Béni soit Dieu.

Les trois condamnés et le prêtre qui les assistait se tournèrent vers les Alpes lointaines, vers ces « montagnes du matin » comme on disait dans le pays : celles qui se dégageaient de la nuit les premières alors que le reste du paysage restait encore plongé dans l'ombre.

Le jour s'était levé depuis un moment déjà lorsque la colonne atteignit le sommet du col.

C'était un de ces matins d'octobre qui ont le goût du lait aigre, avec des bouffées de vent tiède soufflant entre des banquises de nuit accrochées encore au flanc des montagnes. L'automne triomphant étalait largement ses pelages fauves sur les pentes. C'était un de ces matins qui mettent de la joie au cœur des voyageurs qui arpentent à longueur d'année les grands chemins des Cévennes. Les deux hommes dirent leur rosaire, s'entretinrent longuement, à voix basse, avec l'abbé Brethon, tandis que Marie suivait d'un œil menaçant l'abbé Chabal qui marchait à côté de la charrette, veillant à ce qu'il ne tente pas une nouvelle fois d'escalader les ridelles.

Lorsque les groupes de paysans rassemblés sur le bord de la route, à l'embranchement des chemins, les interpellaient avec des plaisanteries grossières ou des menaces, elle était seule à riposter, mais sa colère ne durait guère : elle retombait aussitôt dans sa prostration, considérant d'un regard égaré ses mains et ses pieds entravés, comme les membres d'une bête rétive qu'on mène à la foire. Et elle se remettait à gémir.

La première halte se fit à Aubenas. C'était au milieu du jour.

La colonne se dispersa. On changea l'attelage de la charrette. Après s'être restauré, on observa une demi-heure de repos. Ce n'était pas une précaution superflue. Les gendarmes et les militaires devenaient nerveux. A diverses reprises, avant d'arriver à la sous-préfecture, ils avaient dû intervenir pour écarter la foule qui tentait de prendre d'assaut la charrette des condamnés pour leur faire un sort sur-le-champ. Ils avaient poursuivi leur route sabre au clair ou l'arme au poing. Pas fiers. Il avait fallu aussi maîtriser une femme qui s'était jetée contre la charrette, l'écume aux lèvres, pour lancer à Marie Martin :

— Tu n'es pas aussi à l'aise que lorsque tu comptais les louis d'or volés aux voyageurs après les avoir assassinés !

Le pire, c'était le spectacle de ces paysans qui, sans sourire, tiraient de leur poche leur large couteau à tuer les porcs et, d'un geste significatif, faisaient mine de se trancher la gorge.

Passé Aubenas, en pénétrant dans la haute vallée de l'Ardèche, par la route encaissée qui monte vers les hauteurs de Peyrebeille, la foule se fit de plus en plus dense, de plus en plus nerveuse et agressive. Comme si les paysans s'étaient donné le mot pour venir saluer à leur manière les trois condamnés.

Comme on approchait du pont de Labeaume, une dizaine de kilomètres après Aubenas, un homme se détacha de la foule et, s'adressant cette fois à Pierre Martin, il s'écria :

— Souviens-toi ! C'est sous l'arche de ce pont qu'on a découvert le chapeau de Jean Dufour, victime de Brun l'Enfer. Tu as mis ses leçons à profit, canaille !

Il faisait chaud en ce début d'après-midi. Les mouches bourdonnaient autour des chevaux. Marie Martin commençait à s'assoupir sur le plancher de la charrette quand Rochette lui secoua l'épaule. Elle se redressa.

— Maîtresse, dit Rochette, regardez là-haut, sur ce rocher... Vous le reconnaissez ?

Marie écarquilla les yeux sur le ciel éblouissant.

— Jeuselou ! dit-elle entre ses dents. Damné Jeuselou ! Il se réjouit de notre malheur, le bougre !

Jeuselou. Le ménétrier d'Aubenas. Toute la province le connaissait. Il se tenait debout sur le bord d'une falaise, en contrebas des ruines du château de Ventadour, figure de proue d'une nacelle de roc. C'était un de ces violoneux de campagne qui mènent les cortèges de mariage avec leur instrument enrubanné et qui font danser les couples à l'occasion des fêtes. Il s'était fait beau. Il avait déployé pour la circonstance les rubans multicolores attachés à son violon.

— Maudit corbeau ! gronda Pierre Martin. Il était là aussi lorsque la tête de Brun est tombée sur la place de Mayras. Il suit la mort comme son ombre.

Jeuselou continua de jouer durant tout le passage de l'interminable cortège. Les condamnés entendirent longtemps encore la musique de son crincrin funèbre et le suivirent du regard, debout dans le grand soleil, les rubans de couleur flottant autour de lui.

La nuit tomba alors que la colonne était encore en marche.

C'était dans les parages de Thueyts. La foule était de plus en plus dense. Des paysans étaient venus de tous les villages d'alentour, n'hésitant pas à parcourir à pied plusieurs dizaines de kilomètres pour assister à la marche au supplice.

Lorsque la nuit fut complète, les spectateurs allumèrent aux embranchements des chemins des feux de genêt. Ils brandissaient des torches hâtivement confectionnées, les « farachos », pour mieux contempler les condamnés. Quand leurs groupes devenaient trop serrés, un brigadier dispersait la foule qui obtempérait en maugréant.

Dans la traversée de Thueyts, peu après le ravin qui donne sur le pont du Diable, les gendarmes ne purent empêcher une jeune femme de s'approcher des condamnés. Elle s'écria :

— Eh! Marion, où est-il, le temps où vous veniez voir vos filles au couvent de Thueyts? Misérable, vous leur avez donné le bon exemple!

La chronique a conservé le nom de cette harpie : c'était une demoiselle Tourette, de Montpezat, condisciple des filles Martin lorsqu'elles étaient pensionnaires au couvent des sœurs de la Visitation et que leur mère, avec l'arrogance des parvenus, descendant avec de grands airs de sa voiture pour leur rendre visite, leur apportait de la nourriture ou des cadeaux. Comme pour des filles de riches. Alors que les Martin, leur fortune, on en connaissait l'origine...

C'est à Thueyts que la colonne fit halte pour passer la nuit. Thueyts qui n'est distant de Peyrebeille que d'une trentaine de kilomètres.

Les prisonniers furent conduits à la maison commune, tandis que les gendarmes et les hommes de troupe bivouaquaient autour de la place, entre leurs chevaux.

Marie Martin, isolée dans une chambre gardée par un gendarme, demanda une soupe qu'on lui porta aussitôt. Elle rendit son écuelle vide, ajoutant :

— Mon Dieu, cette journée a été bien longue, et amère comme de l'archourou !

Journée tout aussi amère, comme du laurier sauvage, pour les deux hommes. Ils refusèrent toute nourriture.

Les trois condamnés s'endormirent très tôt. Durant la nuit, deux autres prêtres s'introduisirent dans la maison commune : l'abbé Bonnaure, curé de Mayres, l'abbé Froment, curé de Lanarce, vinrent assister l'abbé Chabal et remplacer l'abbé Brethon, exténué par cette longue marche.

Comme la veille, les prisonniers furent réveillés à cinq heures.

La lente progression de la colonne reprit en ce matin du mardi 2 octobre 1833, alors que la nuit était encore opaque. Il fallut environ trois heures pour franchir la redoutable côte qui mène à La Chavade où, deux ans auparavant, l'auberge et la scierie de M. Lemaire avaient mystérieusement été incendiées en plein jour, alors que le lieutenant de gendarmerie d'Aubenas se rendait à Peyrebeille pour y arrêter les Martin. Durant la nuit, le ciel s'était couvert. Il soufflait un vent âpre qui remontait les pentes arides des ravins et apportait de l'abîme le murmure de l'Ardèche. Pierre Martin et Jean Rochette priaient, appuyés aux ridelles, les trois prêtres autour d'eux, enfouis dans leurs pèlerines noires.

En passant devant les ruines noircies de l'auberge de La Chavade, alors que le jour venait de se lever, Jean Rochette se dressa. Il venait d'apercevoir, debout au bord de la route, un garçon des environs qu'il connaissait bien. Il se défit de son manteau, le lui jeta, disant :

— Tiens ! prends donc ce vêtement. Je n'en ai plus besoin. Tu prieras Dieu pour mon âme.

Plus la colonne se rapprochait du lieu du supplice, plus la foule se faisait dense. A tel point que, parfois, les hommes de tête devaient donner de la voix ou piquer leur monture pour qu'elle s'écarte. Chose singulière, c'était une foule moins agressive que celles que l'on avait rencontrées précédemment. Les quolibets se faisaient rares ; plus encore les injures. Elle semblait imprégnée d'une certaine gravité. Comme un cercle de famille qui s'ouvre pour accueillir les enfants prodigues. Et cependant, de nouveau, les gendarmes et les militaires paraissaient nerveux et inquiets, comme s'ils redoutaient encore l'attaque d'une bande organisée qui aurait tenté d'enlever les trois prisonniers.

Passé Lanarce, la colonne déboucha sur l'immense plateau nu où se terre le hameau de Peyrebeille. Le ciel d'octobre pesait sur l'étendue morte.

Soudain, Pierre Martin tendit l'index vers le hameau où il venait de voir se dresser la guillotine. Il s'écria d'une voix brisée :

— Voici notre mort !

Il se tourna, épaules voûtées, vers le curé Chabal, lui remit son chapelet en lui disant que, désormais, il n'en aurait plus besoin. Puis, montrant la foule qui avait envahi le hameau et ses alentours, il eut une réflexion, singulière en une telle circonstance, mais qui démontre un sens pratique inaltérable, bien digne du paysan qu'il était :

— Voilà qui va coûter cher à la foire du Béage !

La foire dont parlait Pierre Martin avait en effet lieu ce jour-là. Avec la fête de Peyrebeille, elle subirait une redoutable concurrence.

La fête de Peyrebeille... Oui : une fête.

Des marchands ambulants avaient installé leurs éventaires autour desquels circulait une foule évaluée à vingt mille ou trente mille personnes. Des colporteurs passaient d'un client à l'autre en faisant miroiter leur pacotille. Des marchands d'almanachs proposaient des portraits des Martin et des images de leurs crimes, imprimés à la hâte pour la circonstance. A quelques pas de l'auberge du Coula, entre les bâtiments et la guillotine placée sur un échafaud aux douze marches réglementaires, se tenait un chanteur ambulant, montreur d'images et vendeur de complaintes, son orgue de barbarie posé sur un bâton devant lui, son singe sur l'épaule. Non loin de là, un personnage très entouré, flatté comme un notable, vêtu comme un épouvantail, que le vin faisait parler d'abondance : le mendiant Laurent Chaze, dit La Guerre. Apercevant au loin la tête du cortège, il se fondit discrètement dans la foule pour n'être pas importuné au moment du spectacle. Des villages d'alentour, des paysans étaient venus en famille. Ils étaient là, juchés sur leur charrette ou leur char à banc, sur leur mulet ou leur cheval. Les uns étaient venus en simples spectateurs ; les autres avec des quantités de denrées qu'ils comptaient vendre pour le cas où la fête se poursuivrait après l'exécution et où les musiciens donneraient à danser.

L'ancienne auberge des Martin était fermée. Le propriétaire, Louis Galland, venait, peu de temps auparavant, de céder son négoce à un certain Chacornac.

Entre l'auberge du Coula et l'estrade portant les bois de justice, à même l'herbe pelée du champ du Bonhomme, trois cercueils grossièrement équarris étaient alignés. On les avait garnis de linge blanc. Trois barques prêtes à appareiller.

Les deux lignes de la colonne se séparèrent en arrivant en vue du lieu du supplice. L'homme qui conduisait la charrette fit claquer son fouet et l'attelage arracha le lourd véhicule en dispersant la foule. D'un train d'enfer, il fit le tour de la place et vint s'arrêter au pied des douze marches.

Trois messieurs vêtus de redingotes et de pantalons noirs attendaient au pied de l'échafaud.

L'exécuteur des hautes œuvres était le bourreau de Privas : Pierre Roch. Il avait choisi comme assistant son propre frère : François Roch qui, lui, officiait à Mende. Le troisième personnage était le neveu de Pierre Roch, un tout jeune homme, Nicolas, âgé d'une vingtaine d'années. Nicolas s'enorgueillissait d'une vocation précoce et d'un savoir-faire qui annonçait un bel avenir dans cette honorable profession. De fait, quarante ans plus tard, succédant à Heindreick, il devenait l'unique bourreau de France, monsieur de Paris.

L'angélus de midi, porté par le vent du clocher de La Villatte, annonça que la cérémonie funèbre avait deux heures de retard. Juché sur l'échafaud, le greffier donna lecture de l'arrêt de la cour. Puis il fit signe aux messieurs en noir que le spectacle pouvait commencer.

C'est Marie Martin qui, la première, devait confier sa tête au bourreau. Elle attendit que les trois hommes se fussent mis d'accord sur un point de détail, à savoir de quel côté on devait faire « saluer » les condamnés (c'est-à-dire faire tomber leur tête). Ils finirent par s'entendre sur l'orientation à donner aux bois de justice : ils feraient face à l'auberge du Coula.

— C'est donc ici comme chez nous, à Mende, constata le jeune Nicolas qui ne manquait pas d'esprit d'observation.

Pendant que s'éternisait cette discussion, Marie Martin avait étalé son manteau sur l'herbe et y avait déposé les quelques frusques dont elle pouvait décemment se défaire. Elle fit un paquet du tout, le confia au greffier en lui recommandant de le remettre à ses filles qu'elle avait vainement cherchées des yeux dans la foule et qu'elle avait réclamées sans résultat. Elle savait que Jeanne-Marie, qui ne l'avait jamais abandonnée dans les épreuves qu'elle venait de traverser, était présente mais qu'elle craignait de se montrer et d'affronter les colères de la foule. Quant à Marguerite, la dame de La Fayette, s'inquiétait-elle seulement de son sort ?

D'un pas ferme, avec ces regards « audacieux » qui avaient tant impressionné les jurés et les magistrats, Marie monta les douze marches de l'échafaud. Elle toisa le prêtre qui l'attendait, cracha sur le crucifix qu'il lui tendait et répondit d'un haussement d'épaules et d'un sourire de défi au murmure profond de la populace.

La planche sur laquelle on la coucha après lui avoir lié les mains bascula. Un choc sourd accompagna l'éclair et le chuintement du couperet. Nicolas Roch n'eut pas le temps de saisir au vol la tête lorsqu'elle se détacha du tronc. Elle roula sur les planches et, de là, tomba à terre, au pied des gendarmes qui montaient la garde. Nicolas descendit prestement et, sous l'œil furibond de son oncle qui le traitait de maladroit entre ses dents, il ramassa le chef qui grimaçait encore, l'essuya d'une main rapide et remonta le jeter dans le panier d'osier.

— Pierre Martin ! appela le greffier.

L'aubergiste entretenait avec ferveur l'un des aumôniers de son espoir en la vie éternelle et de son repentir pour tous ses péchés. Une nouvelle fois, il le supplia de lui dire s'il serait inhumé en bon chrétien, lui qui avait toujours été le soutien de la religion. Le prêtre hocha la tête, tendit le crucifix une dernière fois vers Martin qui l'appuya contre ses lèvres.

— Pierre Martin, pressons, je vous en prie, lui murmura à l'oreille le bourreau.

— Je suis prêt, dit le condamné.

L'aubergiste monta sans faiblir les douze marches et mourut avec dignité.

Vint le tour de Jean Rochette.

Le « nègre » se laissa aller à quelques effusions religieuses lorsque le prêtre le prit à part. Il fallut cependant le soutenir, le moment venu de s'engager dans l'escalier. Il ne cessait de pleurer, de gémir, prononçant à plusieurs reprises une phrase aussi énigmatique que celle que Brun l'Enfer avait glissée à l'oreille du bourreau, dix ans plus tôt, sur la place de Meyras :

— Maudit maître ! Que m'avez-vous fait faire ?

Au moment de s'allonger sur la planche il se raidit, si bien que la tête s'engagea difficilement dans la lunette et que le couperet trancha à la fois le col et le menton.

La fin du triple supplice fut saluée par un tonnerre d'applaudissements. Les gens se donnaient l'accolade, s'embrassaient, se tapaient dans le dos, se dirigeaient par vagues vers les cabarets en plein air où le vin commençait à couler à flots. Chacun se sentait la gorge sèche, nouée par l'émotion.

Maintenant, la montagne exorcisée respirait. Un air de liberté, d'un goût nouveau, flottait sur le plateau de Peyrebeille. Les démons de la nuit avaient réintégré leur tanière souterraine. Ils n'en sortiraient pas de sitôt. L'affaire de Peyrebeille allait devenir un de ces contes que les vieux rabâchent dans les veillées avec un frisson rétrospectif.

— Et maintenant, dansons ! s'écria un jeune paysan. Jeuselou, où est Jeuselou ?

Le ménétrier n'était pas loin. Il arriva, triomphant, entouré d'une foule de garçons et de filles, revêtu de son bel habit brodé d'or, son crincrin enrubanné déjà au creux de l'épaule. On l'aida à se hisser sur une planche posée sur des futailles, on posa une bouteille de vin et un verre à ses pieds.

— Etes-vous prêts ? dit joyeusement le ménétrier. Alors on commence par une bourrée...

Tandis que les couples se formaient pour la première danse, que le vin coulait des barriques, que les tourtes de pain et la charcutaille passaient de main en main, la porte de la maison du Coula s'ouvrit doucement. Il en sortit une petite bonne femme vêtue de noir, au visage à demi dissimulé par le fichu posé sur sa tête et qui recouvrait ses épaules.

Jeanne-Marie s'approcha de Nicolas Roch, lui toucha timidement le bras.

— Je suis Jeanne-Marie Dayrolles, la fille aînée de Pierre et de Marie Martin, dit-elle. Permettez que je rende les derniers devoirs à mes parents et à notre domestique.

— On vient de prendre un moulage de leur tête, dit le jeune bourreau. Les dépouilles sont à vous.

Jeanne-Marie s'approcha du cercueil où l'on avait étendu le corps de sa mère. Elle fit une rapide prière, enferma un bracelet et quelques fleurs des champs entre les mains crispées et arrangea les vêtements. Elle essuya avec son mouchoir la tête encore souillée de sang et de plâtre et la replaça en haut du tronc de manière que la trace du couperet ne se vît pas. Elle fit de même pour son père et pour Jean Rochette. Elle ne pouvait oublier qu'avant d'épouser Dayrolles, elle avait été promise au domestique.

— Et maintenant, dit-elle au jeune bourreau, je dois me rendre à Lanarce pour déclarer à la mairie la mort de mes parents et de notre domestique.

Jeanne-Marie retourna à la maison du Coula pour y prendre l'enfant de dix mois qu'elle y avait laissé dans un benestou à la garde du chien.

Elle referma la porte à clef et, l'enfant dans les bras, prit la route de Lanarce en longeant les murs.

Au-dessus de Peyrebeille, le ciel tournait à l'orage. Le son aigre du violon, les chansons des gars, les rires des hommes déjà pris de vin la suivirent longtemps sur la route, mais elle ne se retourna pas.

TROISIEME PARTIE

POSTFACE

UNE ENIGME A L'ETAT PUR

Ce trajet de Jeanne-Marie Martin, épouse Dayrolles, de Peyrebeille à Lanarce, nous l'avons refait en sens inverse, cent quarante-deux ans plus tard, à quelques jours près.

Sur le plateau, c'était le même vent rugueux qui sentait l'hiver, le même paysage de steppe avec des échappées sur de lointaines vallées hérissées de pitons, balayées par l'ombre des nuages. Le hameau, lui, avait changé. Plus de trace de l'auberge du Coula où se déroula l'affaire Anjolras, ni des anciennes maisons qui l'entouraient. Reste l'« Authentique Auberge de Peyrebeille », comme en témoigne une pancarte digne d'un stand forain, affichée au pignon de la grange. Un procès célèbre, dans les années vingt, opposa les propriétaires de l'« Authentique » auberge à ceux de la « Véritable », et ces derniers durent renoncer à leurs prétentions.

Le tourisme a déposé là ses gadgets : une station-service, un snack, un magasin de souvenirs. Le machinisme agricole a remplacé les chevaux de renfort du père Martin et de Galland par un atelier de réparation de tracteurs installé dans la grange.

Le Peyrebeille d'aujourd'hui se visite d'un œil. Il faut refuser de voir les concessions faites au tourisme et ne considérer que ce que le passé a pu oublier là et qui est demeuré tel, à peu de détails près, que du temps où la mère Martin écumait le pot où flottaient des mains humaines, minaudait devant les marchands de bestiaux et chassait les vagabonds à coups de balai.

Si l'on excepte le calendrier des postes, les publicités pour des marques d'apéritif ou de tracteurs, la « gadgeteria » où l'on vend de tout (sauf les reproductions en matière plastique des têtes des trois suppliciés réduites comme celles des Indiens Jivaros, mais ça viendra sûrement), tout est là, en place, dans cette cuisine-salle-commune-chambre-à-coucher-abattoir : les placards et les meubles aux portes sculptées qu'un incendie a failli détruire récemment et dont certains servaient peut-être à dissimuler les agonisants, les cadavres, les trophées sanglants ; l'horloge comtoise que Marie consultait du regard quand Martin et Rochette tardaient à revenir d'une foire lointaine ; la lourde table où les hommes des grands chemins lampaient leur soupe à grand bruit ; le « cantou » dans lequel Marie Armand ravaudait le linge de la maison avant les grandes lessives saisonnières et, dit-on, rapetassait tant bien que mal les vêtements des victimes, encore raides de sang séché ; le four où l'on cuisait, suivant les jours, le pain, les « tourtels » ou les corps dépecés des voyageurs ; le « salon » blanchi à la chaux où figure une peinture d'attraction foraine représentant une scène criminelle, avec, tout en haut de la cloison, un pertuis par lequel Marie Martin écoutait sans être vue les entretiens des riches marchands. Le

« clou » de ce rez-de-chaussée, c'est la resserre avec un deuxième four crématoire, ou réputé tel, éclairé d'une loupiote de Saint-Sacrement...

L'escalier à deux volées est lui aussi toujours en place. On retrouve la poutre-assommoir, le lit-cage de Rochette, le réduit où les agonisants attendaient leur ticket pour l'éternité, sagement, chacun son tour. De même, les chambres aux cloisons de planches nues, distribuées autour du sinistre couloir menant à la fenière où le repos nocturne des voyageurs peu fortunés s'achevait sous la masse de Rochette.

Mme Gibert, la propriétaire, qui nous guide à travers ce décor pour film d'épouvante (c'est là que fut tourné le film de Claude Autant-Lara : L'Auberge rouge), *est formelle :*

— On estime à cinquante ou soixante le nombre des victimes des Martin. Certains disent que c'est un chiffre exagéré. D'autres vont même jusqu'à prétendre que les Martin étaient innocents. Encore faudrait-il le démontrer. Moi, je vous dis que ce sont des mensonges.

Suivons le guide. Engageons-nous dans l'escalier. Mme Gibert nous montre le palier.

— C'est là que se tenait Rochette, dit-elle. Il attendait les clients en haut de cet escalier, les assommait et les achevait en les précipitant sur cette poutre qui avance.

C'est vrai que cette maison sent le crime et le mystère. On comprend ce brave homme de notaire qui, envoyé en mission durant le procès, faillit mourir de frayeur. Ou encore cet industriel d'Annonay avec qui nous parlions récemment de Peyrebeille et qui nous confia qu'étant tombé en panne près du hameau, il préféra aller coucher à Lanarce plutôt qu'à l'ancienne auberge des Martin. Je n'ai pas insisté lorsque, après avoir exposé à ma femme, Renée, mon intention de demander asile pour la nuit à Mme Gibert, je l'entendis me répondre qu'elle préférait coucher à la belle étoile, dans la voiture...

Peyrebeille, malgré le poste d'essence bien propre à désamorcer tout mystère romantique, demeure un lieu hanté.

Un véritable mémorial du crime qui crie par toutes ses pierres les noms des victimes.

Au temps où nous visitions Peyrebeille, à l'automne 1975, nous n'avions lu, en fait d'ouvrages sur l'« affaire », que le célèbre Coupe-Gorge *de Paul d'Albigny, écrit en 1913 par un Ardéchois qui avait connu des témoins du drame. Le romantisme n'était pas mort. D'Albigny s'est baigné allégrement dans ses eaux tumultueuses. Sa description détaillée de l'auberge est un chef-d'œuvre de littérature fantastique. En franchissant les derniers kilomètres qui nous séparaient du hameau, nous en tremblions encore, Renée et moi.*

Nous nous disions alors que les Martin devaient s'y entendre à susciter des ambiances obsessionnelles. On ne leur doit pas seulement, songions-nous, quelques-uns des plus beaux assassinats d'une époque et d'une région qui en comptèrent un bon nombre et qu'en fait de crimes parfaits ils s'y entendaient. Mais ces dilettantes inspirés avaient en outre mis au goût du jour la mode du crime-en-auberge. Toute une littérature allait s'en inspirer.

Si les assassinats qui se perpétraient là étaient de toute évidence prémédités et avaient pour objectif essentiel le profit, comment ne pas observer qu'ils relevaient du scénario de film d'épouvante ? Le décor était aménagé avec un authentique talent de mise en scène, si bien qu'Autant-Lara n'a eu pour ainsi dire rien à changer.

Nous nous disions que, de nos jours, le père Martin serait devenu entrepreneur de spectacles, directeur d'un Luna-Park de l'horreur, d'un Magic-City de l'angoisse, d'un Palais de l'Insolite, d'un Musée Grévin du crime rustique. Peut-être promènerait-il à travers nos provinces l'un de ces trains fantômes miteux qui subsistent encore et proposent le grand frisson de l'angoisse à trois francs la tournée. Au programme, des nègres armés de massues, des couteaux à tuer les porcs enfoncés entre deux épaules, des gorges tranchées avec de lumineuses fontaines de sang... Peut-être, s'intéressant au cinéma, serait-il devenu une sorte de Hitchcock du pauvre, spécialisé dans le sordide, le crapuleux campagnard, le crime en sabots. Peut-être, dans les années vingt, eût-il écrit, devenu feuilletoniste populaire, des récits sur les maudits de la glèbe, les ignobles maquignons bardés d'or et d'arrogance, les voyageurs venus de nulle part dans les nuits sans lune. Du loup-garou à vingt centimes la livraison.

Renée et moi, nous imaginions mal les Martin dans leur fonction d'aubergistes. Ils n'étaient pas à leur place. Comment diable avaient-ils pu faire fortune dans ce métier ? Lui, avec sa grande gueule ou ses mines mielleuses, selon la clientèle ; elle, avec sa spécialité de soupe à la grimace ou au vitriol ; Rochette, avec sa hure de Chéri-Bibi ; les filles, avec leurs allures d'allumeuses pour compagnons du Tour de France, et leurs clins d'œil en direction du grenier à foin.

Comment diable ces demi-sauvages mal embouchés, qui pratiquaient la dissuasion comme d'autres l'encouragement, avaient-ils pu conserver des clients et amasser assez d'écus pour devenir d'opulents propriétaires terriens ?

En notre temps de voyages aseptisés, de restoroutes, d'écoles hôtelières, ils auraient, pensions-nous, eu vite fait de mettre la clef sous la porte. De nos jours, même si elle se fait rare, l'auberge des Trois-Canards *s'est vue contrainte d'entrer dans l'ère du bidet, du téléphone à l'étage, de la télévision, du mobilier Lévitan. Les portes ne grincent plus, ni les parquets. Si l'on utilise encore la bougie, c'est uniquement en cas de panne d'électricité. On a le bon goût de ne plus y commettre de crimes, même pas contre les riches marchands juifs. Ainsi meurt le romantisme.*

On ne tue plus dans les auberges. C'est tout juste si on y vole encore. Les traditions se perdent. Le rat d'hôtel est devenu un personnage mythique au temps des traveller's chèques. Pour survivre, les enfants d'Arsène Lupin devraient avoir leur C.A.P. d'employé de banque, ou se convertir dans le hold-up et le casse ou, mieux encore, porter au Mont-de-Piété, avec la canne à pommeau d'argent, les bottines à boutons, la cape couleur de nuit et le masque de papa Arsène. Sans oublier la petite fleur d'honneur qu'il arborait à la boutonnière.

En matière de criminalité, le romantisme est sorti de notre existence sur la pointe des pieds. Il n'est pas près d'y revenir. Pour retrouver les frissons du passé, il faudra relire Stendhal, Balzac, Vidocq, ou ce petit chef-d'œuvre qu'est l'histoire d'une nuit passée dans une auberge de Calabre, par Paul-Louis Courier, que l'on trouve dans sa correspondance.

Aujourd'hui, quelques mois après cette visite à Peyrebeille et ce livre achevé, je ne puis me défaire d'une question qui dégénère vite en malaise. Et si les aubergistes de Peyrebeille étaient innocents ? Et si, comme nous l'affirmait Maître de Montgros, avocat à Privas, dont le grand-père a assisté à l'exécution des trois suppliciés, cette affaire n'avait été qu'une monstrueuse erreur judiciaire ?

Ce qui est à peu près certain, c'est que l'affaire de Peyrebeille restera jusqu'à la fin des temps une énigme. A moins que le dossier du procès reparaisse.

Car l'affaire de Peyrebeille ne s'est pas achevée avec la kermesse sanguinaire d'octobre 1833.

La liasse BB 2069 où se trouvait le compte rendu des séances de la cour d'assises s'est volatilisée quelque temps après. Aux archives de Privas, nous avons retrouvé une note manuscrite de ce chercheur consciencieux qu'était M. Mazon : « Le dossier du procès de Peyrebeille a disparu du greffe de Privas. Il serait entre les mains de Boiron, inspecteur primaire. » Qui était ce Boiron ? Pourquoi possédait-il ce dossier ? Que comptait-il en faire ? Autant de questions qui resteront à jamais sans réponses.

Disparus également, au registre du greffe de la justice de paix de Coucouron, tous les documents ayant trait à cette affaire.

Alors, que reste-t-il donc ? Le rapport du président du tribunal adressé au garde des Sceaux, que l'on trouvera en annexe, l'acte d'accusation, les plaidoiries des avocats (du moins celle, tronquée, de maître Croze, publiée par d'Albigny) et des relations parues après la triple exécution, qui nous ont servi pour notre récit, à défaut du compte rendu des débats.

Le mystère se corse lorsque l'on se heurte à cette alternative :

Ou les documents ont été subtilisés par la famille des suppliciés, mais alors toute révision du procès tendant à les réhabiliter devient impossible.

Ou bien ce sont certaines des soi-disant victimes des Martin qui ont fait disparaître ces pièces mais on ne voit pas très bien dans quelle intention ils auraient agi ainsi, puisque la justice leur a donné satisfaction.

Ou encore l'on a craint qu'une révision du procès, à la demande des descendants des Martin, risque de révéler, par recoupement, des coupables plus évidents, peut-être une organisation criminelle dont les Martin, à supposer qu'ils fussent coupables, auraient été membres.

Autre hypothèse, bien difficile à admettre : le dossier aurait pu être vendu aux vieux papiers par un fonctionnaire négligent, comme le suppose J. de Montgros.

Quoi qu'il en soit, ce tour de passe-passe d'un mystérieux prestidigitateur « colle » parfaitement à l'ambiance qui a baigné cette affaire criminelle de bout en bout. Au point que l'on aurait pu s'étonner si ces escamotages n'avaient pas été opérés. En revanche, l'affaire Brun, beaucoup moins mystérieuse, nous propose un dossier volumineux et intact. Un dossier, soit dit en passant, où ne figure aucune référence aux aubergistes de Peyrebeille.

Et pourtant, la tentation est grande de considérer que le « Diable » dont parlait Brun l'Enfer au moment de basculer sous le couperet, pourrait être, comme certains l'ont avancé, Pierre Martin. Si ce n'était lui, peut-être était-ce quelqu'un des siens ? Le « nègre » Rochette ? Hypothèse peu plausible. Ce personnage fruste n'avait pas l'envergure nécessaire. Marie Martin ? Cette mégère mal embouchée, cancanière, grincheuse, était une femme forte, mais de là à en faire un chef de bande...

Reste André Martin... Curieux personnage en vérité. Apparemment un benêt, une petite gouape sans « épaules ». Le certificat (qui sent la complaisance) adressé en sa faveur aux magistrats par le maire de Lanarce ne peut le disculper qu'aux yeux des jurés de l'époque, sensibles aux mouvements de l'opinion ; pour nous, il ne signifie pas grand-chose. Le président Fornier de Clausonne lui-même ne s'y était pas trompé, malgré ses œillères. Ce petit Martin, taciturne, sournois, avait joué du couteau contre Bourtoul à la foire de Langogne et menacé la maréchaussée lors de l'arrestation de Pierre Martin. Chaze, après Pagès, l'avait reconnu lors de l'affaire Anjolras ; il était aussi coupable que Marie Martin pour laquelle le seul chef d'accusation véritablement établi est l' « emprunt » d'une centaine de francs fait au préjudice du voiturier Cellier (mais qui vole un œuf...).

Alors, ce petit Martin, le président Fornier de Clausonne s'était promis de l'avoir à l'œil et, en temps voulu, en cas de récidive, de lui mettre la main au collet. Ce temps n'est pas venu. On peut supposer qu'André, comme on dit de nos jours, s'est « rangé des voitures ».

D'André Martin, donc, plus de nouvelles.

En revanche, d'autres Martin, de la même famille, font parler d'eux. Un cousin d'André, Joseph Martin, a été guillotiné à Privas (« à la porte de la prison », écrit Régis Sahuc dans son excellent livre sur L'Auberge rouge*), en 1852, pour « un crime sauvage et signé ». Un autre Pierre Martin a été condamné en 1863 à huit ans de réclusion pour vol.*

Pas de nouvelles non plus des deux filles Martin. Il semble que la cadette, Marguerite, se soit terrée dans sa honte. Quant à Jeanne-Marie, il nous plaît de l'imaginer se rendant de temps à autre, en robe de deuil, sur la tombe de ses parents, et y déposant quelques modestes fleurs.

***

Le procès et le verdict qui a suivi : du vent !

La seule affaire sur laquelle le tribunal ait eu à statuer sérieusement – car là, indubitablement, il y avait un cadavre – c'est celle qui concerne Jean-Antoine Anjolras.

Dans cette affaire, un seul témoin des faits : Laurent Chaze, dit La Guerre, mendiant, vagabond, ivrogne de notoriété publique. Les soi-disant assassins d'Anjolras, les aubergistes et leurs complices, n'auraient pas mieux fait s'ils avaient tenu à avoir un témoin de leur crime. Ils ont laissé Chaze coucher près de leur victime en l'observant du coin de l'œil pour se rendre compte s'il dormait ou s'il était éveillé.

« Ils ne se cachaient même plus ! » affirme Paul d'Albigny. Mais la déposition de Chaze est à ce point tissée d'invraisemblances que, par la suite, les chroniqueurs ont « inventé » d'autres versions : Marie Martin aurait donné cinq francs à Chaze pour qu'il aille trouver refuge ailleurs ou même (ce qui est davantage

dans sa manière) elle l'aurait chassé à coups de balai, et le vagabond serait revenu coucher chez les Martin en se doutant qu'il se préparait quelque événement dont on voulait le tenir écarté. C'est une version infiniment plus plausible; l'ennui, c'est que ce n'est pas celle de l'intéressé. Cette dernière version est invraisemblable, mais à un point tel que l'on peut se demander si elle n'a pas quelque fond de vérité. La mythomanie poussée à cette limite peut rejoindre une certaine vérité démoniaque.

Deux autres hypothèses rendraient plausible la déposition du mendiant :

Que d'autres que les Martin soient venus régler son compte au pauvre Anjolras (dans la pénombre, Chaze aurait pu faire une erreur sur les personnes présentes dans le grenier à foin).

Qu'on aurait pu (ainsi que le suggère Maître Malzieu dans son opuscule Etaient-ils coupables?) *faire boire une tisane brûlante à Anjolras, ivre et malade et, ce dernier étant mort à la suite d'une syncope (il était âgé), les Martin auraient transporté le cadavre compromettant à neuf kilomètres, en pleine nuit, pour éviter les ennuis et faire croire à un accident.*

Des hypothèses plausibles, soit, mais impossibles à prouver.

Le coup de théâtre de ce long procès – le seul –, c'est le brusque revirement de Marie Armand dans sa déposition. La ravaudeuse, c'est démontré, était présente le soir du « crime ». Soit. Et puis après? Même le fait qu'on lui ait proposé de l'argent pour qu'elle se taise, qu'on la menace même, ne prouve rien, si l'on admet que les Martin, pour ne pas avoir d'ennuis, voulaient cacher à la justice que leur client était mort chez eux. La deuxième déposition de Marie Armand n'a fait que confirmer la présence d'Anjolras chez les Martin, ce dont plus personne, raisonnablement, ne pouvait douter.

Ainsi, trois têtes sont tombées parce qu'un vagabond a cru assister à un assassinat.

Cette réserve suffit-elle à disculper les Martin ? Nullement. Il est hasardeux de prétendre qu'ils furent coupables comme de vouloir à tout prix les innocenter. Dans les ouvrages modernes écrits sur cette affaire, on chercherait en vain une démonstration pouvant permettre d'accréditer d'une manière irréfutable l'une ou l'autre thèse. Quoi qu'on fasse, il restera toujours des vides, il manquera toujours des pièces à ce puzzle sanglant.

La vérité, elle est justement dans les pièces qui manquent.

Comme par hasard.

Il est bien difficile à « blanchir », ce personnage de Pierre Martin que, pourtant, on appelle dans certains livres Le Blanc, son pseudonyme.

J. de Montgros a beau dire : pour un pauvre paysan de Chabourzial, faire fortune en vingt ans, c'est suspect. D'autant plus suspect que son père et ses quatre frères n'étaient pas, a-t-on dit, des modèles de vertu. Plus révélatrice encore que la dernière parole de Brun l'Enfer, celle de Jean Rochette sur le point de se confier aux bourreaux, qui semble accuser Martin : « Mauvais maître, que m'avez-vous fait faire ? » Cela peut vouloir signifier : « C'est pour les crimes que vous m'avez forcé à commettre que je vais être exécuté. » Ou encore : « Si vous ne m'aviez pas demandé de me taire pour couvrir tel ou tel personnage, nous n'en serions pas là. » Encore un fil relié à la vérité profonde de cette affaire. Mais un fil coupé net et qui nous pend stupidement entre les doigts.

Suspecte également la munificence de Pierre Martin qui dote grassement la paroisse de Lanarce (500 francs de l'époque !) et qui ajoute : « S'il vous en faut davantage, dites-le-moi. » Est-ce simple ostentation de nouveau riche, besoin de se faire pardonner sa fortune ou l'origine de celle-ci ? Cette donation est d'autant plus singulière que la famille Martin ne passait guère pour un modèle de générosité ni pour un pilier de la foi. Il est bien rare que l'on éprouve le besoin de se faire pardonner, par prêtre interposé, une fortune honnêtement et laborieusement acquise.

Quant à Marie Martin dont certains sont venus vanter les vertus domestiques (l'auberge, disaient-ils, avait une bonne table), elle avait bel et bien, semble-t-il, dérobé cent francs au voiturier Cellier, puisqu'elle lui a offert de le rembourser pour qu'il se taise.

Dans cette troublante affaire, au faisceau des témoignages sans preuves répond un faisceau de questions que résume fort bien J. de Montgros :

« Anjolras a-t-il été assassiné par les trois condamnés ? A-t-il même pénétré, peu avant sa mort, dans l'auberge ? A-t-il trouvé une mort accidentelle en recherchant la nuit, au-dessus d'une falaise, sa génisse égarée ? Sinon, qui l'a tué ? Où ? Quand ? Comment ? Pourquoi ? C'est là un problème dont la discussion reste ouverte. A ce problème-là, nous n'avons trouvé, ni même recherché, aucune solution. »

De la part d'un magistrat, une telle humilité dans un aveu d'impuissance laisse loin derrière, à des lieues de la vérité, les ouvrages plus ou moins romancés qui accablent les aubergistes.

Gardons-nous de toute affirmation intempestive. Les Martin étaient peut-être coupables, mais saura-t-on jamais de quels crimes ? Peut-être ont-ils été des boucs émissaires soumis jusqu'au châtiment final à la loi du secret, des victimes expiatoires. Peut-être la cible d'aubergistes de la région, de Galland peut-être, à qui ils faisaient une concurrence directe et, semble-t-il, déloyale, de ceux de La Chavade dont l'immeuble a été détruit le jour même de l'arrestation des Martin, ou encore de ceux de Lanarce.

Le moins qu'on puisse dire, c'est que les gens de la police et de la justice ont été particulièrement lents à s'émouvoir.

On n'avait pas attendu la disparition d'Anjolras pour colporter de bouche à oreille des histoires de brigands sur le compte des aubergistes de Peyrebeille. Il est invraisemblable que rien n'ait transpiré de cette suspicion diffuse auprès des magistrats, qu'ils n'aient pas, au moins, été mis en éveil. Le cas du juge de Coucouron perquisitionnant chez Galland alors que l'affaire Anjolras avait eu lieu chez les Martin, au Coula, est symptomatique de cette négligence qui frise la faute professionnelle... ou la complaisance.

Alors, pourquoi ne pas faire la part de ce que les maffiosi siciliens appellent la « omerta »*, la loi du silence ? Si tu parles...*

Il eût fallu, dans cette affaire, un policier de la compétence de Vidocq. Il vivait encore à cette époque, et les affaires d'auberges et de grands chemins lui étaient familières. On peut imaginer qu'il n'aurait pas quitté l'Ardèche en faisant buisson creux ou en se contentant d'un gibier de fortune. Cela nous aurait valu quelques belles pages de ses mémoires. Mais on n'a lâché sur les traces des grands fauves de l'Ardèche que des chasseurs de grives. Et ils sont revenus avec des merles.

***

« Et si le diable s'était mêlé de cette affaire ? » nous a-t-on glissé à l'oreille.

Gardons les pieds sur terre. Une affaire diabolique, soit, au sens banal du terme mais qui, à aucun moment, ne laisse dépasser en coulisses le bout d'une longue queue fourchue. En tout cas, si le Diable s'est mêlé de cette affaire, il s'est bien caché dans la peau d'un être humain. Alors, allez savoir qui ?

Ce que nous savons, en revanche, c'est que certaines époques, certaines contrées sécrètent leurs monstres.

L'Ardèche du premier tiers du siècle passé, c'était encore une de ces contrées à demi sauvages sur les cartes desquelles, jadis, à défaut d'appellation, les explorateurs écrivaient : « Ici sont les lions. » (« Hic sunt leones. ») *La justice était bafouée ; les bandes erraient impunément à travers la campagne, pillant les diligences et les convois, volant le bétail, assassinant les habitants des fermes perdues... Cette atmosphère d'insécurité, accentuée par les tempêtes qui secouaient la République, l'Empire ou la Royauté, des textes la confirment :*

« Ce pays est rempli de crimes et de meurtres », *écrivait, en 1632, un conseiller de Nîmes.* « L'on tue un homme dans le Vivarais, *écrivait, en 1765, un syndic, M. de Chadenède,* aussi facilement que, dans les autres provinces, l'on tue un lièvre ou une perdrix. » *Au début du XIXe siècle, la situation ne s'était guère améliorée.* « Ceux qui ont le malheur, *écrivait en 1801 le marquis de Mayres,* d'être pillés et volés, ne viennent pas faire leur déclaration et donner les noms des brigands... sous le prétexte qu'ils risquent d'être brûlés dans leur maison. »

La « omerta ».

Les personnages qui gravitent autour de l'affaire de Peyrebeille sont les enfants de ces gens et de ce pays. Les enfants du désert, de la nuit, du malheur, de la misère. La tempête qui les emporte dès leur naissance, ils ne l'ont pas suscitée, ils n'en sont pas responsables et encore moins maîtres. Alors ils se laissent emporter, d'autant plus facilement que la démission de l'autorité, sa complaisance, sa corruption semblent naturelles à tous. Leur existence est peu de chose. Elle ne semble révéler son prix que lorsque éclate une guerre. Alors malheur à eux s'ils se dérobent ! Et malheur à eux, de même, s'ils sortent de leur ghetto de misère ! Ne savent-ils pas que le riche doit rester riche et le pauvre baigner jusqu'à sa mort dans sa misère ?

Parfois, ils s'insurgent. Un fusil en bandoulière, un bon couteau dans la poche, et on se sent un autre homme. Exactement un homme, alors que l'on était, quoi ? une bête. Une promotion à bon compte.

Ces couteaux que George Sand a vus plantés sous la table des cabarets, entre les cuisses des buveurs, à la foire du Béage, ce n'est pas une imagination romantique de la part de l'auteur du Marquis de Villemer. *Ces couteaux, ils ne servent pas qu'à tailler dans le chanteau, à découper la viande dans l'assiette ou à sculpter des cannes. Ce sont des armes. On s'en sert pour tuer. Entre chien et loup. Sans laisser de nom et d'adresse. Cela donne un fait divers. La justice mène un semblant d'enquête et ramène quelques merles dans sa besace pour ne pas revenir bredouille.*

Alors, l'imagination prend le relais. Ces faits divers vont s'insérer harmonieusement dans la trame de la mythologie populaire. Exemple : l'affaire du marchand juif. Peut-être, après tout, un simple colporteur. Mais juif. Donc riche. Passant d'un récit à l'autre, il ne tarde pas à baigner dans une aura mystérieuse, à devenir un personnage de légende. Monté sur un cheval digne des princes de Pologne, voici qu'apparaît un être sans visage et sans nom. Ses vêtements sont soutachés d'or. Ses poignets sont ceints de pierreries.

La légende...

Dans sa panoplie de survie au milieu de la tempête qui secoue le monde, à quelque époque que ce soit (et quelle époque n'eut pas ses tempêtes ?), l'homme l'a accrochée en bonne place. Elle lui permet de surnager, de se dépasser, d'accéder à un univers supérieur, parallèle à celui de la religion à laquelle il croit de moins en moins, peut-être parce qu'elle lui est donnée toute prête, alors qu'il préfère inventer ses mythes à partir de réalités sommaires, créer ses propres armes contre la solitude, le temps, la nuit et, peut-être ainsi, découvrir ses véritables racines.

PIECES ANNEXES

En première place, dans ces annexes, doit figurer le *Rapport sur les Assises.*

Ce texte a été adressé par le président, le bâtonnier Fornier de Clausonne, conseiller à la cour royale de Nîmes, au garde des Sceaux, ministre de la Justice, en date du 8 juillet 1833, soit environ trois mois avant la triple exécution de Peyrebeille.

Nîmes, 8 juillet 1833.

Monsieur le Ministre,

Les Assises du deuxième trimestre de l'Ardèche, ouvertes le 10 juin, ont été clôturées le 28 du même mois par le jugement des contumaces. Elles ont occupé tout cet intervalle de temps. La longueur de cette session est due principalement à une seule affaire dont l'importance est telle que je ne crois pas pouvoir mieux faire que de débuter par vous en présenter l'analyse. Elle remplira la moitié de mon rapport. Je renverrai à une seconde partie les vingt autres affaires que nous avons eu à juger en les faisant précéder de quelques observations générales.

1° Pierre Martin, ancien aubergiste, âgé de 60 ans.
2° Marie Breysse, sa femme, âgée de 54 ans.
3° Jean Rochette, leur domestique, âgé de 47 ans.
4° André Martin, leur neveu, âgé de 32 ans.

Tous habitants du lieu de Peyrebeille, commune de Lanarce, canton de Coucouron.

Cette affaire, digne de figurer dans les annales du crime, aurait suffi à elle seule pour remplir une assise. Elle nous a occupés pendant sept jours consécutifs. La gravité de l'accusation, l'audition de cent vingt témoins, leurs hésitations et leurs craintes en présence des accusés, des incidents variés et dramatiques, l'affluence extraordinaire du monde attiré par l'importance de la cause, tout a concouru à nous donner pendant une semaine entière le spectacle le plus digne d'intérêt et le plus solennel.

Peyrebeille est situé sur un point culminant des montagnes de l'Ardèche faisant séparation entre le bassin du Rhône et celui de la Loire. Ce lieu quoique fort isolé est néanmoins un passage nécessaire pour les personnes qui se rendent de la partie sud du département aux villes de Pradelles et de Langogne. Cette route est assez fréquentée, de sorte qu'il y avait souvent des voituriers, charretiers et voyageurs qui s'arrêtaient à l'auberge de Pierre Martin. Il paraît même que cette auberge était assez achalandée et c'est par là que Martin a prétendu expliquer la fortune considérable dont il jouissait. Mais l'opinion publique attribuait cette fortune à une cause bien différente et il existait un bruit sourd et généralement répandu que Martin s'était enrichi des dépouilles de plusieurs voyageurs que lui, sa femme et son domestique avaient assassinés dans leur auberge.

Les débats ont justifié cette affreuse renommée qui pesait ainsi depuis plusieurs années sur la famille Martin. En faisant la part de la dose d'exagération et de merveilleux qui plaît toujours à la foule et dont il est permis de croire qu'ont été ornés et embellis quelques-uns des crimes attribués aux Martin, en supposant qu'il y a une portion qui pourrait bien être controuvée, il en est resté encore un assez grand nombre dont la réalité a été établie sur des preuves assez certaines, pour exciter justement contre eux la haine et la réprobation publiques.

C'est ainsi notamment qu'un témoin, âgé de soixante-dix ans, a déposé avec un accent de vérité et de gravité qui a fait frissonner tout l'auditoire, qu'il avait rencontré il y a dix-huit ou vingt ans Martin et son domestique Rochette transportant sur un cheval un cadavre dont les bras et les jambes pendaient. Il en reçut un avertissement et des menaces énergiques, qui ne se sont pas effacés de son souvenir et qui jusqu'à ce jour lui avaient lié la langue. Cette déposition a merveilleusement concordé avec plusieurs autres qui tendent à établir qu'à la même époque Martin aurait assassiné en effet un riche marchand juif qu'un hasard cruel avait fait tomber entre ses mains nanti d'argent, de bijoux et de valeurs considérables. Il a été question de vingt ou trente mille francs. Ce serait donc là qu'il faudrait faire remonter la source de sa fortune.

Un autre témoin, étranger au pays et non moins digne de foi, a déposé qu'ayant passé la nuit il y a onze ans dans cette affreuse auberge il entendit dans la chambre voisine des cris plaintifs et mourants de secours en ajoutant beaucoup de circonstances de détails qui ne lui permirent pas de douter qu'on venait de consommer un crime.

Je cite ces deux faits, parce que, au milieu de la longue nomenclature des crimes attribués aux Martin, en dehors des faits mêmes de l'accusation, ils ont été les mieux établis et qu'ils suffisent pour expliquer la réputation de Martin dans la contrée et l'effroi qu'il inspirait.

Cet effroi a dû être bien grand pour que depuis vingt années aucune voix ne se fût élevée en justice et n'eût mis les dépositaires des lois et de la force publique en position d'arriver à la découverte de ces affreux attentats. Il y a là quelque chose d'étrange et de presque inexplicable. Cependant pour qui a assisté aux débats et a pu remarquer l'angoisse de certains témoins en présence des accusés ce problème n'est plus aussi insolvable. Dans ce pays reculé de montagnes chacun vit pour soi. Ne pas se mêler d'une mauvaise affaire lorsqu'elle ne vous regarde pas est la maxime de prudence la plus généralement répandue. On eût craint d'exposer sa vie en divulguant quelque scène fatale dont le hasard avait rendu témoin.

Les menaces et recommandations de Martin en pareil cas étaient significatives. La terreur était complète. D'ailleurs les victimes étaient en général inconnues et de pays étranger. On aimait mieux se taire ; et au bout du compte, ce silence n'est plus ni moins extraordinaire, que l'excès d'impudence et d'audace avec lequel Martin, enhardi par cette longue impunité, se livrait à l'exécution de ses crimes, ainsi que la cause actuelle nous en offre un dernier et bien étrange exemple.

Quoi qu'il en soit les faits que je viens de rapporter afin de faire comprendre l'intérêt et l'importance de l'affaire, ces faits, dis-je, étaient couverts par la prescription et ne pouvaient plus être opposés aux Martin, lorsque le 12 octobre 1831, la disparition du nommé Anjolras, habitant d'une commune voisine, est venue éveiller l'attention publique et la sollicitude de la justice, et amener enfin sur cette horrible famille, le juste châtiment de ses crimes.

Cet Anjolras, honnête et riche paysan des environs, était considéré et aimé de sa famille qui se mit sur-le-champ à sa recherche. On apprit bientôt qu'il avait été vu le 12 au soir partant de la foire du village de Saint-Cirgues, distant d'une lieue de Peyrebeille, et se dirigeant vers ce dernier endroit. Plusieurs personnes l'avaient rencontré sur la route, et comme il était tard et qu'il avait perdu une génisse, achetée à la foire, il avait manifesté l'intention de coucher à Peyrebeille chez Martin qu'il connaissait depuis longtemps et avec qui, disait-il, il avait quelque compte d'argent à régler. Le lendemain matin, il comptait se mettre de nouveau à la poursuite de sa génisse perdue. On suivit ainsi sa marche de Saint-Cirgues à Peyrebeille, et on parvint enfin à découvrir deux ou trois personnes qui l'avaient vu au moment même où il ouvrait la porte et entrait dans la maison de Martin.

Non seulement Martin a formellement dénié l'avoir reçu chez lui dans la soirée du 12, mais il a même prétendu ne l'avoir jamais connu, ni de près, ni de loin. Cette double dénégation en présence des témoignages dignes de foi qui affirmaient tout le contraire était déjà de nature à attirer sur lui les plus graves soupçons.

Ces soupçons prirent bientôt assez de consistance pour que le juge de paix crût devoir faire le 25 octobre des perquisitions à domicile. Ces perquisitions (dirigées par parenthèse avec assez peu d'intelligence puisqu'elles eurent lieu dans l'ancienne auberge de Martin, au lieu d'être faites dans sa maison d'habitation actuelle) n'amenèrent, sur l'heure même, aucun résultat.

Mais le lendemain matin 26 octobre un cadavre fut découvert sur les bords de l'Allier et reconnu pour être celui d'Anjolras. Il portait des blessures et contusions violentes dont quelques-unes parurent aux officiers de santé avoir été faites évidemment après la mort dans l'intention probable de faire croire que ce malheureux s'était tué lui-même en tombant du rocher élevé au pied duquel il fut trouvé. Mais la vérification soigneuse du cadavre et du lieu de la découverte détruisit la possibilité de toute hypothèse de ce genre. Non seulement il fut évident qu'Anjolras avait été assassiné, mais le commencement de putréfaction du corps permit aux hommes de l'art de fixer à douze ou quinze jours auparavant l'époque du crime.

La fixation de cette date, rapprochée de l'entrée d'Anjolras chez Martin le 12 au soir et des dénégations de ce dernier, fournissait déjà à la justice une preuve presque complète. On parvint à découvrir quelles étaient les autres personnes qui étaient entrées et avaient passé chez Martin la nuit du 12 au 13. On en trouva trois. Aucune d'elles ne voulut convenir avoir vu Anjolras le 12 au soir ni avoir rien remarqué, ni entendu dans la maison qui pût leur faire croire à l'existence d'un crime. Mais ces trois personnes étaient deux journaliers et une femme souvent employés et salariés par Martin pour les travaux de son ménage et de ses champs. Et quand même cette circonstance n'eût pas déjà autorisé à suspecter leur sincérité, toute espèce de doute fut bientôt dissipée par le rapprochement de leurs témoignages et par leurs propres variations.

La preuve résultant de ces rapprochements et de ces variations a été rendue encore plus sensible à l'audience. Les contradictions les plus choquantes, les demi-confidences faites à d'autres personnes et ensuite rétractées, des hésitations continuelles, un embarras visible, des refus de répondre les plus extraordinaires, des espèces d'aveux commencés et ensuite retirés, tout a concouru à établir que la peur ou la corruption à prix d'argent empêchaient ces trois témoins de dire ce qu'ils savaient. Et si un tel langage de leur part ne nous permettait pas de nous rendre un compte exact et certain de la manière dont les choses s'étaient passées chez Martin dans la nuit du 12 au 13, du moins en résultait-il évidemment qu'un événement mystérieux quelconque s'était accompli chez lui dans cette nuit, fatale, événement mystérieux qu'on voulait cacher à la justice ; et dès lors en se rappelant l'entrée d'Anjolras chez

Martin le 12 au soir et la découverte postérieure de son cadavre, quel pouvait être ce mystère, sinon l'assassinat de cet infortuné ?

Cela seul eût suffi aux yeux d'un juge ferme et éclairé pour convaincre Martin du crime qu'on lui imputait. Mais de nouvelles preuves plus tardivement survenues ont achevé de rassurer pleinement la conscience des jurés.

Ainsi plusieurs témoins ont déposé de la rencontre et du transport d'un cadavre faits dans la nuit du 25 au 26 à une demi-lieue de Peyrebeille par un nommé Pagès. Il est vrai que ce témoin est décédé, et il paraît même que la frayeur qu'il éprouva et les menaces qui lui furent faites n'ont pas été étrangères à la cause de sa mort. Mais il fit part à quelques amis de ce qu'il avait vu, et d'après le dire de ceux-ci, il aurait parfaitement reconnu Martin et Rochette au nombre des conducteurs de ce convoi funèbre d'un nouveau genre. Il y en avait un troisième qu'il ne reconnut pas.

Ainsi encore à la dernière séance de l'affaire, au moment même où les défenseurs allaient prendre la parole et commencer leurs plaidoyers, les trois témoins dont j'ai déjà parlé plus haut ont demandé à changer et compléter leurs précédentes dépositions. L'un d'eux a avoué avoir vu entrer le 12 au soir chez Martin un homme qu'à la vérité il ne connaissait pas mais dont il nous a donné un signalement parfaitement conforme à celui d'Anjolras. Les deux autres, à les en croire, n'ont vu entrer personne, attendu qu'ils n'étaient arrivés eux-mêmes que fort tard dans la maison, mais ils ont entendu au milieu de la nuit des cris plaintifs qui leur ont donné beaucoup à penser.

Cet incident dramatique, survenu à l'improviste, a produit un effet prodigieux sur l'auditoire ; et ces dernières révélations, tout imparfaites qu'elles étaient, ont jeté la perturbation dans le système de la défense. En vain, elle a voulu enlever toute espèce de créance au dire de ces trois témoins qui par leurs continuelles variations semblaient avoir eux-mêmes discrédité d'avance en quelque sorte la valeur de leurs dépositions.

Ces variations et ces réticences s'expliquaient assez bien par la crainte, et il demeurait évident aux yeux de tout homme sensé que le dernier langage de ces trois personnes était plus près de la vérité que le premier.

Ainsi : chemin d'Anjolras de Saint-Cirgues à Peyrebeille.

Son entrée le 12 au soir chez Martin.

Existence non équivoque d'un événement tragique quelconque chez Martin dans la nuit du 12 au 13 prouvée par les trois témoignages dont je viens de parler.

Convoi d'un cadavre fait le 25 au soir par Martin et Rochette.

Reconnaissance de ce cadavre faite le 26, pour être celui d'Anjolras.

De là, la conséquence que l'événement inconnu accompli chez Martin, dans la nuit du 12 au 13, ne pouvait être autre que celui de l'assassinat d'Anjolras.

Chacune de ces circonstances prise séparément aurait été peut-être insuffisante. Réunies elles formaient un faisceau indestructible. Supérieur peut-être même à la force d'un témoignage à vue.

Mais, ce n'est pas tout encore, et ce témoignage de vue qui avait manqué jusqu'à présent à la cause, il est enfin arrivé.

Un inconnu, un mendiant étranger qui entre le 12 au soir chez Martin et lui demande asile, y a vu un homme qu'il ne connaissait pas et avec lequel il s'entretint pendant quelque temps d'une génisse qu'il avait perdue (à ce signe impossible de ne pas reconnaître Anjolras). Cet homme alla coucher au grenier à foin. Le mendiant lui-même y alla une heure après. C'est là qu'au milieu de la nuit, il vit entrer trois hommes et une femme qu'il a reconnus à merveille pour les quatre accusés. La femme portait la lumière et un pot rempli d'un liquide qu'on fit avaler ou qu'on jeta au visage de l'homme à la génisse. En même temps celui-ci fut saisi violemment et brusquement au corps par ses trois assassins. Le mendiant entendit un soupir. Un coup de barre de fer consomma le crime. Le corps fut emporté du grenier à foin.

Voilà le sommaire de la déposition faite pour la première fois à l'audience par le mendiant Chaze, avec un accent de naïveté et de vérité impossibles à dépeindre, et qui a dû entraîner la conviction des jurés. La défense n'a pas manqué d'argumenter de l'extrême improbabilité que les maîtres de la maison eussent été d'assassiner un homme dans un lieu où ils auraient eux-mêmes, une heure auparavant, introduit un témoin de leur crime. L'objection était grave en effet et le fait étrange. Mais les charges étaient de nature à ne pas être détruites par une simple invraisemblance ; et les débats ont fourni assez d'autres preuves de l'imprudence inconcevable de Martin quand il commettait ses crimes, pour que les jurés ne se soient crus très suffisamment autorisés à ne pas voir dans cette circonstance (tout extraordinaire qu'elle puisse paraître) un indice de la fausseté du récit de Chaze.

D'ailleurs il y a plus. Ce récit avait reçu un caractère d'authenticité bien remarquable par la confidence que Chaze en avait faite le lendemain même du jour de l'assassinat à une femme respectable du lieu de Thueyts, témoin irréprochable et dont les défenseurs n'ont pas même osé suspecter la véracité. Nous avons su de cette femme que dès le 13 octobre, à une époque où personne encore ne connaissait la disparition d'Anjolras et ne soupçonnait le crime, le mendiant Chaze lui avait raconté toutes les circonstances de l'horrible événement dont il avait été témoin, de la même manière qu'il l'a fait ensuite à l'audience. Ainsi, on disait que cette déposition de Chaze avait été en quelque sorte enregistrée dès le principe, et marquée d'un sceau invariable, pour être produite au grand jour au moment de la réparation.

Il est digne de remarquer que cette déposition inconnue jusqu'à ce jour n'aurait pas été rendue contre les accusés si (à cause de la non-comparution de deux ou trois témoins importants), l'affaire qui devait être jugée aux dernières Assises de mars n'avait été renvoyée à celles de juin. On n'est arrivé que fort tard à la découverte du mendiant Chaze. Ainsi, aux assises de mars, cette charge énorme contre les accusés n'aurait pas été produite. Quelle observation digne de frapper l'attention ! Quelle source de sensations sombres et saisissantes ! N'est-il pas permis d'y voir une juste et sévère dispensation de la Providence ?

En présence de charges aussi accablantes la conviction du jury ne pouvait être douteuse. Martin, sa femme et Rochette habitaient constamment ensemble la maison et convenaient d'y avoir passé la nuit du 12 au 13. On ne pouvait supposer que l'on eût agi sans la connaissance et l'assistance de l'autre. Leur système de défense a toujours été le même et ils ont constamment nié tout ce qui leur était opposé.

.. ..

J'avais pensé que peut-être à cause de son sexe et en supposant que son mari, plus coupable qu'elle, avait par son ascendant entraîné cette malheureuse dans le crime, les jurés se seraient laissés aller à admettre en sa faveur des circonstances atténuantes... Mais il n'en a rien été. J'en ai causé le lendemain avec quelques-uns d'entre eux. Je les ai trouvés pénétrés de l'idée qu'ils n'avaient été que justes et qu'ils avaient sévèrement mais sagement accompli leur mission. Je dois ajouter que dans l'opinion du public la femme est considérée encore plus perverse que le mari : toutefois cette observation est prise en dehors des débats, et je ne puis en attester la vérité.

Une triple condamnation à mort a donc été prononcée contre Pierre Martin, Marie Breysse et Rochette. Cet arrêt écouté avec le plus profond silence n'a trouvé aucun contradicteur ; la conviction de la culpabilité est complète dans l'âme de tout le monde et il n'y a personne qui ne voie dans cette horrible sentence un juste châtiment de tant de crimes.

Sur le réquisitoire du procureur du Roi l'exécution aura lieu sur la place publique de Peyrebeille. Je répugnais personnellement à ce transport de l'échafaud sur un lieu non accoutumé à de tels spectacles. Mais j'ai été le seul de mon avis. Les juges du pays ont considéré que la mesure était salutaire et d'autant plus indiquée que l'exécution faite ainsi dans une commune située aux frontières de la Lozère et de la Haute-Loire y recevra une publicité plus grande... Les trois condamnés ont entendu leur arrêt sans rien dire et depuis lors, ils n'ont fait aucune révélation.

Il me reste à parler du quatrième accusé, André Martin, neveu qui s'est trouvé dans une position toute particulière. Vous n'avez pas oublié que le mendiant Chaze a vu porter le corps par trois hommes et que le cadavre rencontré par Pagès était aussi conduit par trois hommes. Tout indique donc un quatrième auteur ou complice du crime. André Martin avait été dans le principe impliqué dans les poursuites. Cependant il n'habite pas avec son oncle. Personne ne l'avait vu chez lui dans la journée du 12, et de plus, certains témoignages, qui paraissaient dignes de foi, semblaient établir avec certitude qu'il aurait passé cette soirée ailleurs.

La chambre d'accusation n'avait donc pas trouvé des indices suffisants à son encontre et s'il comparaissait sur le banc des Assises à côté des autres accusés, c'est pour un fait tout à fait différent...

Aucune condamnation ne pouvait donc en l'état atteindre André Martin touchant l'assassinat d'Anjolras. Mais comme je l'ai déjà dit, le mendiant Chaze est venu à *l'audience affirmer qu'il le reconnaissait pour être la quatrième personne qui avait pris part au crime.* Cette reconnaissance a été réitérée par lui vingt fois dans le cours des débats et motivée sur des circonstances de détail minutieusement rapportées.

Et cependant les mêmes témoins sur la foi desquels dans l'instruction écrite André Martin avait été mis hors d'accusation ont encore à l'audience renouvelé leurs précédentes déclarations qui sont circonstanciées et développées de telle sorte qu'il faut nécessairement admettre ou qu'elles sont volontairement entachées de fausseté et dictées par le désir de sauver André Martin *(auquel plusieurs personnes de son pays semblent s'intéresser)* ou que Chaze malgré les reconnaissances réitérées a fait erreur sur son compte et que le quatrième assassin demeure encore inconnu et a échappé aux recherches de la justice.

L'une ou l'autre de ces hypothèses est difficile à expliquer, et il n'est aucune des deux qui satisfasse pleinement un sens droit et éclairé. Si j'étais obligé de me *prononcer en l'état j'éprouverais un véritable embarras,* et dans l'incertitude je me déciderais sans doute à supposer que *Chaze a pu faire erreur.* Mais la chose devra être éclaircie et il y a là certainement matière à un supplément d'information. Ç'aurait même été le cas de faire application de l'article 361 du Code d'instruction criminelle et (après avoir prononcé l'acquittement d'André Martin sur le chef d'accusation dont je vais parler tout à l'heure) de l'envoyer en état de mandat d'arrêt devant la chambre d'accusation pour qu'on instruisît sur les nouvelles charges survenues contre lui à l'audience, conformément aux articles 246-7 et 8 du même Code.

Le procureur du Roi a été au moment de faire les réserves et réquisitions à cet effet ; mais ensuite il a considéré qu'en agissant de la sorte cette annonce subite de nouvelles poursuites risquait de donner des avantages à André Martin et aux témoins qui s'intéressaient à lui, tandis qu'en laissant écouler un certain intervalle de temps, on ne songerait plus dans le public à la chance qu'il court d'être poursuivi une seconde fois et qu'alors certains témoins parleraient peut-être avec plus de liberté et mettraient la justice sur la voie de nouvelles révélations.

L'affaire est donc demeurée là pour le moment. Mais je pense que d'ici peu de jours la Chambre d'accusation sera saisie de l'examen de nouvelles charges survenues contre André Martin. Et si l'instruction à laquelle elle procédera dissipe les nuages qui planent encore sur sa tête, qui sait si cette instruction ne fera pas reconnaître le quatrième assassin par une de ces trois personnes qui ont passé la nuit du 12 au 13 chez Martin et de la bouche desquelles la justice n'est parvenue qu'avec tant de peine à arracher ces déclarations pénibles et tronquées ? L'une d'elles, la servante ou journalière, femme, est bien certainement innocente. Mais il y a un des deux hommes sur lequel j'ai toujours entretenu des soupçons ; s'il n'est pas précisément coupable tout me porte à croire qu'il a du moins tout vu et tout su de sorte qu'un long silence de sa part pourrait le faire accuser d'une sorte de complicité morale.

Ce serait peut-être par ce moyen qu'on arriverait à ce qui reste encore de vérité à découvrir dans cette horrible affaire.

Pour en finir d'André Martin et de ses co-accusés je dirai que le fait pour lequel il était traduit aux Assises était un vol commis avec armes et violences par lui, son oncle et Rochette, au préjudice d'un nommé Bourtoul... Ce témoin, il est vrai, était unique sur ce fait, tandis que deux témoins à décharge sont venus déposer de la présence d'André Martin, *aux jours et heures du vol, dans un endroit éloigné de deux ou trois lieues.*

Cependant je ne puis quant à moi suspecter la sincérité de Bourtoul et j'ai été étonné que les jurés aient accueilli par une réponse entièrement négative, à l'égard de tous les accusés, les questions qui leur ont été soumises relativement à ce vol.

Comme c'était le seul fait par lequel André Martin avait été mis en accusation j'ai dû prononcer son acquittement.

(Texte cité par Régis Sahuc : *L'Auberge rouge.*)

COMPLAINTES

Après l'exécution des Martin et de Rochette, des auteurs de complaintes populaires s'en sont donné à cœur joie. Deux de ces textes sont caractéristiques de la mentalité populaire de cette époque.

Voici celle qui a été recueillie par Jacques Sahuc, écrivain public, au Mas de Mouttefons, au Béage (dans Régis Sahuc : *L'Auberge rouge*).

Chrétiens des crimes épouvantables
Oyez le récit affreux
Et vous tous, âmes charitables,
Pleurez sur tant de malheureux.
Pères et mères de ces victimes
Venez entendre leur destin
Egorgés d'un complot unanime
Par le domestique et Martin.

Martin, dit Blanc, seul aubergiste
Dans cet endroit fort escarpé
Avec sa femme et leur domestique
Furent deux assassins fieffés.
Combien de pères de famille

Hélas, depuis vingt-cinq ans,
Ont trouvé un trépas facile
Dans le repaire de ces brigands.

Des voyageurs de bonne allure,
Venant à l'auberge, fatigués,
Au milieu d'une chambre obscure
Se voyaient bientôt assassinés.
Avant que Martin les assomme,
Sa femme, qui n'a point de vertu,
Sur la tête d'un pauvre homme
Osait verser du plomb fondu.

Mais enfin le Dieu de clémence
Se lassa de tant de forfaits,
Ils ont payé leur imprudence
Qu'ils avaient bien montrée
Tous ces scélérats de Peyrebeille
Ont eu la tête tranchée,
Sont montés à la guillotine
Pour expier tous leurs péchés.

L'auteur de cette deuxième complainte populaire est Laurent Ceyson, officier de santé à Saint-Cirgues-la-Montagne. L'horreur y coule à plein bord...

Chrétiens, venez tous écouter
Une complainte véritable :
C'est de trois monstres inhumains
Leurs crimes sont épouvantables,
Il y a bien environ vingt ans
Qu'ils assassinaient les passants.

A Peyrebeille, en Vivarais,
Dans le département d'Ardèche,
Sur une montagne isolée
Ils établirent leur commerce.
L'auberge est sur le grand chemin
Où ils égorgeaient les humains.

Leurs noms sont : Pierre, Blanc, Martin,
Dit Lucifer, avec sa femme,
Et Jean Rochette, aussi inhumain,
Etait domestique exécrable.
Trop tard le crime est découvert
Pour épargner de grands malheurs.

Le premier homme assassiné
Etait un marchand de dentelles.
Dans le lit, il fut assommé,
Pour eux c'était que bagatelle,
Ce premier coup était garant
De vingt-sept ou huit mille francs.

Un curieux Parisien courait,
Disait-il, pour sa fantaisie.
Chez Lucifer il vint loger :
Le mauvais temps lui fit surprise.
Son cheval, dans les champs,
Annonça la mort du passant.

Plus tard les morts étaient traités
D'une méthode différente :
Dans une chaudière la chair cuisait.
Couverte avec préparation
Ils en engraissaient leur cochon.

Un bon préfet disgracié
Sous la chute de Bonaparte,
Chez Lucifer il fut loger
Croyant être en sûre porte.
Femme, enfants, fortune et lui
Périrent tous la même nuit.

Le dernier, enfant de huit ans,
Voyant ses parents morts par terre,
Poussa les cris les plus perçants,
Demandant vie aux téméraires.
Ces monstres furent sans pitié :
A l'instant il fut assommé.

Un dortoir était réservé
Aux voyageurs portant fortune ;
Double porte était pratiquée.
La nuit, sans faire de murmure,
Rochette, armé de son trident,
Au cou saisissait les dormants.

La victime, la bouche ouvrant
Pour implorer quelque assistance,
La femme, avec l'huile bouillante,
Lui gorgeait la bouche béante.
Lucifer, à coups de marteau,
Mettait la victime au tombeau.

Alors Martin faisait grand bruit,
Feignant de maltraiter sa femme,
Pour que personne ne comprît
Qu'ils assassinaient leur semblable.
— Dis donc, pourquoi viens-tu troubler
Ceux qui sont pour se reposer ?

Un grand four était embrasé
Pour consommer bien des affaires :
Carrosses, manteaux et harnais,
Pour eux des signes téméraires.
Il en sortait exhalaisons
Qui empestaient les environs.

Dans le principe ces brigands
Etaient dépourvus de fortune :
Mais bientôt de l'or, de l'argent
Trouvèrent bien leur aventure.
Pour famille, deux filles ont,
Qui secondent bien leur maison.

On ne pourra jamais savoir
Le nombre de tant de victimes;
On les porte à cinquante-trois,
Qu'a révélé le domestique.
Frémissez, toutes nations,
Des crimes de cette maison.

Plus longtemps on aurait tardé
D'en faire quelque découverte;
Ce dernier était réservé
Par ainsi Dieu voulut leur perte.
Au crime ils sont si acharnés
Qu'un parent n'est pas épargné.

L'an mil huit cent trente-trois,
Justement le second d'octobre
Devant la maison des forfaits,
Vers midi fut leur dernier rôle :
Trente mille témoins voyant
Trancher la tête aux trois brigands.

Grand Dieu ! la terre préservez
De jamais porter de tels monstres.
Aucune histoire n'a prouvé
Qu'il y en eût jamais de la sorte.
Par les soins de l'Autorité,
Nul n'y sera plus exposé.

BIBLIOGRAPHIE

ARCHIVES NATIONALES, correspondance de la Chancellerie (séries BB 18 et 20).

ARCHIVES DU MINISTERE DE LA JUSTICE.

ARCHIVES DU DEPARTEMENT DE L'ARDECHE, série L. Fonds Mazon, série F, 3e section. On y trouvera également les moulages des têtes des trois condamnés.

LE MONITEUR UNIVERSEL, Paris, 1834.

L'ALMANACH VIVAROIS, Au Pigeonnier, par Saint-Félicien-en-Vivarais, 1926.

LA REVUE DU VIVARAIS, Privas, à partir de 1893.

ANNALES DE LA LEGISLATION, Paris, 1834, tome I.

LES CRIMES CELEBRES, deux volumes, Paris, 1843.

SAINT-EDME, *Répertoire général des causes célèbres*, Paris, 1839.

BARON HAUSSMANN, *Mémoires*, Paris, 1833, tome I.

PAUL D'ALBIGNY, *Le Coupe-gorge de Peyrebeille*, 1913, « La Tribune de Montélimar », 1965.

PAUL D'ALBIGNY, *L'Auberge de Peyrebeille,* J. de Vaere, Largentière, 1927.

PIERRE BOUCHARDON, *L'Auberge de Peyrebeille,* Albin Michel, 1924.

Me MALZIEU, *Etaient-ils coupables ?,* Le Puy, 1922.

PETIT MONITEUR UNIVERSEL, *L'Auberge aux barreaux de fer,* roman inachevé, paru en feuilleton en 1879.

VICOMTE D'ARLINCOURT, *L'Ossuaire,* 1835.

Peyrebeille, évocation en 4 actes et 5 tableaux du « grand drame historique et judiciaire », présenté dans le Midi, en 1955, par les Comédiens de France.

Me LEON LADREYT, *Mémoire sur l'Affaire de Peyrebeille.*

PETIT MONITEUR DU SOIR, feuilleton en octobre 1869.

JULES BEAUJOINT, *L'Auberge sanglante de Peyrebeille,* Fayard.

ROGER DE PAMPELONNE, pièce sur Peyrebeille, jouée au Pigeonnier, à Paris, en 1930.

J. DE MONTGROS, *L'énigme de Peyrebeille,* au Pigeonnier, Privas, 1958.

PIERRE LAFUE, « L'Auberge de Peyrebeille », *La Semaine illustrée,* janvier et février 1922.

MARIE-LOUISE PAILLERON, *Les Auberges romantiques,* Firmin-Didot, 1929.

CH. ALMERAS et FELIX VIALLET, *Peyrebeille, ou La légende et l'histoire de l'auberge sanglante,* Presses de la maison Jean Barbary, Langogne (Lozère), 1945.

ALEXIS BERNARD, *Relation manuscrite par un témoin contemporain des événements*, Archives du chanoine Therme, curé de Lanarce.

FIRMIN BOISSIN, texte précédant l'étude de Paul d'Albigny sur *La Criminalité en Vivarais aux* XVIe, XVIIe et XVIIIe *siècles*, Privas, Imprimerie centrale, 1887.

REGIS SAHUC, *L'Auberge rouge, ou la véridique histoire du maître de Peyrebeille*. Imprimerie Jeanne d'Arc, Le Puy (Haute-Loire), 1973.

GUSTAVE HALLEY, *L'Auberge de Peyrebeille*, drame représenté au Puy pour la première fois le 12 novembre 1835.

MARCEL LECOQ, *L'Auberge sanglante de Peyrebeille, ou la mort cévenole*, Imprimerie Jacques De Vaere, Largentière (Ardèche), 1937.

L'Auberge rouge, film de Claude Autant-Lara, adaptation et dialogues de Jean Aurenche et Pierre Bost, 1951.

TABLE

TROISIEME PARTIE

Achevé d'imprimer par GGP Media GmbH, Pößneck
en janvier 2008
pour le compte de France Loisirs,
Paris

N° d'éditeur : 50781
Dépôt légal : novembre 2007

Imprimé en Allemagne